李正栓
主编
名家游记

[法] 阿尔丰斯·都德 著
(Alphonse Daudet)
李淑景 李正栓 译

U0804956

磨坊随笔

Letters from my Mill

長春出版社
国家一级出版社
全国百佳图书出版单位

图书在版编目(CIP)数据

磨坊随笔 /（法）阿尔丰斯·都德（Alphonse Daudet）著；李淑景，李正栓译. —长春：长春出版社，2018.1（2020.1 重印）
（名家游记 / 李正栓主编）
ISBN 978-7-5445-5080-2

Ⅰ. ①磨… Ⅱ. ①阿… ②李… ③李… Ⅲ. ①随笔—作品集—法国—近代 Ⅳ. ①I565.64

中国版本图书馆 CIP 数据核字(2017)第 300903 号

磨坊随笔

著　　者：[法] 阿尔丰斯·都德（Alphonse Daudet）
译　　者：李淑景　李正栓
责任编辑：程秀梅
封面设计：清　风

出版发行：長春出版社
发行部电话：0431-88561180　　总编室电话：0431-88563443
地　　址：吉林省长春市建设街 1377 号
邮　　编：130061
网　　址：www.cccbs.net
制　　版：长春市大航图文制作有限公司
印　　刷：长春赛德印业有限公司
经　　销：新华书店

开　　本：787 毫米×1092 毫米　1/16
字　　数：147 千字
印　　张：11.5
版　　次：2018 年 1 月第 1 版
印　　次：2020 年 1 月第 2 次印刷
定　　价：29.00 元

版权所有　盗版必究
如有印装质量问题，请与印厂联系调换　联系电话：0431-88824777

目　录

译者序 / 1

简　介 / 1

序言(第一眼磨坊) / 1

序(契约) / 1

第一章　移居磨坊 / 1

第二章　波卡尔的驿站马车 / 4

第三章　老康纳利的秘密 / 8

第四章　塞规先生的山羊 / 14

第五章　繁星 / 21

第六章　来自阿尔勒的女孩 / 26

第七章　教皇的骡子 / 31

第八章　血腥的灯塔 / 41

第九章　塞米拉特的悲剧 / 46

第十章　海关驻守人 / 52

第十一章 库库葛南的牧师 / 56
第十二章 老两口儿 / 63
第十三章 冬日颂歌 / 70
第十四章 比克西奥的钱包 / 76
第十五章 一个有黄金脑壳的人 / 82
第十六章 诗人米斯特尔 / 86
第十七章 三场小弥撒 / 93
第十八章 橘子 / 101
第十九章 两个小酒馆 / 105
第二十章 在米莉阿娜 / 110
第二十一章 蝗虫 / 120
第二十二章 戈谢神父的仙酒 / 124
第二十三章 在卡玛格 / 134
第二十四章 营地印象 / 144

译者序

李淑景　李正栓

阿尔丰斯·都德（1840—1897）是法国文学史上一位重要而有特色的小说家，是法国著名文学沙龙“五人聚餐会”的成员之一，其他四位是福楼拜、屠格涅夫、左拉和爱蒙特·龚古尔。

都德1840年生于法国尼姆的普罗旺斯，父亲是丝绸商人。都德的童年非常幸福，因此他作品里的普罗旺斯永远是阳光明媚、温馨动人的。1849年，都德的父亲生意失败，举家迁往里昂定居。都德在里昂的生活困苦艰辛，母亲也在此期间去世。都德16岁时，为了生活，曾到赛文尼斯地区阿莱斯的学校做学监，这是一份类似于辅导员的工作，看管15个12—14岁的孩子。这一年的经历对都德来说，几乎是无法摆脱的噩梦，甚至多年以后，他还会梦到身在阿莱斯，惊恐地发现自己与那些孩子在一起。1857年11月，都德到巴黎与兄长尼斯特相聚，自此开始对文学的追求，而都德对于巴黎爱恨交织的强烈情感也由此开始，并不断出现在都德所有的作品中。

都德被称为“讲故事的人”，他用自己独特的“站立文学”，在读者和自己之间建立起情感联系，使读者在阅读时犹如在与他交流，而都德的描述，则呈现给读者一幅优美的画卷，使读者仿若身临其境。

如都德的英译者所言，都德的风格难以翻译，困难重重：都德习惯于大量使用形容词，大量罗列细节，大量使用繁杂的长句来展现连绵的影像和记忆。不仅如此，都德行文中常出现俚语化和口语化的表达，还经常使用词语的暗指意义。他不断打破常规，尝试使用新的语法结构。但是当我们阅读都德的作品时，仍然会为它的独特魅力所吸引：语言看似简单，却隐含了最精致的艺术技巧。都德的风格，需要译者在汉语中找到同等的语言表达，既能展示其散文所具有的高度个人风格、丰富的暗指及语言表面上的流畅，又能保留其独特的魅力和丰富的内涵韵味。

本书为都德的早期作品，包含了都德后期作品涉及的所有主题：对于家乡普罗旺斯的深深的眷恋，对巴黎爱恨交织的情感以及都德对于爱的看法。作品的一个显著特点是：都德大量使用“…”来表达欲言还休的复杂情感，并营造出连绵断续的语言画面。虽然这个符号在汉语中不符合语法规范，但译者有意识地保留了这个用法，一方面是为了保留原文的特点及作者的写作风格，另一方面也可以更好地表达文章的情感。

本书中的作品都值得一读，每篇随笔都因其自身特色而富有韵味。《移居磨坊》《波卡尔的驿站马车》《老康纳利的秘密》《诗人米斯特尔》《繁星》《在卡玛格》《橘子》等以满含深情的笔触，描述了普罗旺斯的美丽风情；《塞规先生的山羊》《教皇的骡子》《库库葛南的牧师》《一个有黄金脑壳的人》《戈谢神父的仙酒》《三场小弥撒》等以略带幽默的口吻调侃了家乡的人物，并赋予故事中的人们以奇幻的色彩；《来自阿尔勒的女孩》《两个小酒馆》《比克西奥的钱包》以写实的手法展示了纠缠人们一生的爱的主题；《血腥的灯塔》《塞米拉特的悲剧》《海关驻守人》《在米莉阿娜》描述了异域风情和海上的冒险，表达了作者对普通人群的关切；当然还有作者以非常文艺的笔触、优美的语言写出的《老两口儿》《冬日颂歌》等。

简 介

[英] 弗雷德里克·德威斯

迄今为止，都德的作品在法国境外为人所知的仍然只有《磨坊随笔》和《塔拉斯孔城的达达兰》两部作品，人们对都德的所知也就仅限于此。这个现状不仅极大地拉低了都德的成就，也使读者无法透彻地欣赏解读《磨坊随笔》。因此，本简介尝试通过介绍都德的生平及成就，使读者更好地理解欣赏都德这部早期的成名作。当然，读者通过了解都德的生平，也会更加喜欢阅读这部《磨坊随笔》。

1875 年至 1890 年间，都德是法国最著名的作家，当时埃德蒙德·高斯及其他文人对他都极为推崇，认为他是文学界世界级的领军人物。时至今日，他的作品却鲜有人读过。都德几乎成了文学界的一个意外：在世之时盛名无限，身后却湮没无闻！同样的事，也曾发生在法国作家阿纳托尔·弗朗士身上，除此之外，再无他人。究其原因，纷繁复杂。在细究都德个人原因前，我们先看一个与都德和弗朗士都相关的原因：20 世纪上半叶，心理学兴起并风靡，人们开始认为在小说写作中，故事情节发展无关紧要，重要的是对人物性格发展的描写。而都德和弗朗士，恰巧都是擅长写故事的。1927 年，E. M. 福斯特就曾声称：在小说中，故事本身并无美学价值，它仅仅是为人物“更好地成长”做铺垫。目前，情况有所改观：

大众和学术界开始对小说家约翰·考珀·波伊斯表现出极大的关注，这位伟大的小说家也曾因为写作中侧重讲故事而被长期忽略。这样看来，这个当时对小说家的苛责，现在已经不再被奉为金科玉律了。若事实如此，那应该对都德及弗朗士的作品重新审读了。

下文就来讲述都德——一个讲故事的人——的生平功过。都德，短篇故事作家、戏剧家、小说家。生前享有国际盛誉，福楼拜、左拉、狄更斯、亨利·詹姆斯都对他顶礼膜拜。他还是19世纪最能赚钱的作家。但是20世纪他的作品几乎无人再读。为什么？下面将解释原因，还会告诉大家，如果福楼拜的作品值得一读，那都德的作品更值得一读再读。

阿尔丰斯·都德1840年生于普罗旺斯的一个小镇尼姆。9岁前，他有幸福快乐的童年，因此他一生都热爱普罗旺斯的人民和那儿的乡间生活。1849年，因为都德的父亲（一个丝绸生产商）生意失败，举家迁移，离开了阳光明媚的普罗旺斯，搬到了雾气弥漫的里昂。都德在里昂一直住到16岁，这期间的生活辛苦而沮丧：父亲生意失败后多疑烦躁，母亲成了受害者，变得体弱多病。都德一直照顾母亲，直到她离世。因此，都德对父亲的生意失败一直耿耿于怀。1856年，都德16岁，因生活所迫，只得从里昂的中学辍学，放弃本该辉煌的学习生涯，到赛文尼斯地区阿莱斯的学校做辅导员工作谋生。在学校，他负责看管教室里15个12—14岁的孩子。但都德生性敏感，身材矮小，眼睛近视，这份工作很快使他疲以应对，无法承受。事实上，这一年的工作经历似噩梦般困扰了都德一生。很多年后，他还会从梦中惊醒，以为身在阿莱斯，还会惊恐地问："天啊，接下来他们还会对我干什么？"1857年11月1日，都德离开阿莱斯，到巴黎与兄长尼斯特相聚。就从这一天开始，对于巴黎的那份强烈的爱恨交织，永远融入了都德的生命里。

都德在拥挤的木头车厢里待了48小时，终于到达了巴黎站。此刻的都德，贫困潦倒：脚上没有鞋子，只套着鞋套，里面的蓝色棉袜还露了出来；口袋里只有40苏的硬币（如现在大家所知）。都德的哥哥长他3岁，在《观察者》报做记者（后来成为知名的政治作家及历史学家）。哥哥支持都德出版他在里昂和阿莱斯写的诗作，都德找了6个月，只找到一家出版社愿意出版，还必须得自费。

诗集《恋人》出版后，几乎没有销量，却在文学界大获成功。因此，都德18岁时，已经可以随意出入巴黎的所有文学沙龙。诗集赢得了拿破仑三世的皇后的关注，在皇后的请求下，皇帝的兄弟莫赫尼公爵——时任法军立法团主席，任命都德为他的秘书之一。这个政府职位，虽然占用了都德一部分时间，但他还是有大量时间追寻自己的文学梦想，也不再需要兄长供养。他的兄长后来曾写道：这个职位“使他可以到波西米亚的每一个低等区域去”。都德曾向埃德蒙德·龚古尔透露，就是在那段期间，他感染了潜在梅毒。这个病在他40多岁时发展到了第三阶段，即运动性运动失调，他备受痛苦折磨，直到57岁去世。

当时，都德的文学创作主要集中在舞台剧上，他写了5部多幕剧，但首演都未获得认可，其中包括由比才（法国著名作曲家）配乐的《阿尔勒姑娘》。民众对他的舞台剧反应冷淡，特别是漠视《阿尔勒姑娘》的首演，使都德心灰意冷，转向小说创作。1874年都德出版了小说《小弟费洛蒙与兄长里斯勒》，一举成名。尔后，都德改编了几部小说，并将其搬上舞台，都获得了成功。同样，《阿尔勒姑娘》于1885年被重新搬上舞台并获得了巨大成功。

在巴黎头两年的困苦生活损害了都德的健康，莫赫尼公爵多次准许他离开巴黎去休假。都德重回家乡普罗旺斯，收集了大量素材用在《磨坊随笔》中；他还去了科西嘉，因此有了《血腥的灯塔》《塞米拉特的悲剧》以及《海关驻守人》的故事；也去了阿尔及利亚，因此有了《橘子》《在米莉阿娜》和《蝗虫》。

巴黎围城时都德正在国民军服役，军旅生涯也促进他的早期创作，使他写出完美的短篇故事《最后一课》，并发表在《月曜日故事集》中，本书中的《营地印象》就源于此段时期的经历。

1867 年，都德与茱莉亚·阿勒德结合，婚后生活幸福。妻子智慧干练，是都德工作上的合作者，生活上她帮都德缓和了容易激动的天性，这减轻了他日后遭受疾病折磨时产生的痛苦。这桩婚姻同时也达到了学识上的和谐：都德夫人也是一位小说家，出版了几部著作。

婚前，都德在好朋友密特尔（普罗旺斯诗人）的影响下，与保罗·阿瑞（普罗旺斯的年轻朋友）合作，在法国杂志《事件》上发表了第一篇随笔《磨坊随笔》。1868 年，他的第一部较长篇幅的小说《小东西》出版，这是一个半自传体故事，包含了他早期生活的很多细节。1872 年，都德发表《塔拉斯孔城的达达兰》，以及重写的三幕舞台悲剧《阿尔勒姑娘》。1874 年，长篇小说《小弟费洛蒙与兄长里斯勒》的出版使都德成为当时读者最多、最为著名的作家。小说获得了巨大的成功，他的出版商也因此重新为他拟订合同，都德的收入是以前的 4 倍。

其后，小说《杰克》（1876）、《富豪》（1877）、《流放的君主》（1879）、《努马·卢梅斯当》（1881）、《传教士》（1883）、《萨福》（1884）、《阿尔卑斯山的达达兰》（1885）、《不朽者》（1888）、《塔拉斯孔港》（1890）陆续出版。这些作品大部分都描述了都德熟知的巴黎和他所熟知的人。都德对采用的原始素材几乎不加任何修饰，甚至书中人物的名字就是实际生活中人物原型的真实姓名。这就不难理解，都德虽想与人为善，却树敌众多。都德观察入微，善于记录生活中的真实经历和视觉印象，因此左拉曾宣称都德是自然主义学派。即使最漫不经心的读者也可以清楚地看到都德作品中的自然主义元素，只是因为所处时代和地域的环境偶然导致。而都德本人也意识到，因自身缺乏想象力，要靠对真实生活的细微观察来弥补作品的不足。都德的心是属于普罗旺斯的，他喜欢普罗旺斯的阳光、笑声和诗歌。就如当代作家乔治·西默农一样，都德是理想主义者，因为无限同情生活中的失败者，而被自然主义中的某些肮脏主题，即“存在主义”所诱惑，而不是被左拉所竭力宣扬的某些文学理论所吸引。

都德的所有作品，特别是在《磨坊随笔》中，展现了都德对巴黎无法割舍的爱恨交加之情以及对普罗旺斯脐带般相连的深深不舍之情。在本书的首篇随笔中，都德对两者进行对比，批判巴黎：“你怎么能希冀我怀念巴黎?！你那个吵吵闹闹、肮脏污秽的巴黎！在我的磨坊，一切都那么完美。这就是我一直寻找的一个角落，小小的，温暖的，飘着甜味的角落，远离报纸、马车、雾霾！在这儿，我的磨坊里，一切都那么可爱。…”这一主题在末尾的最后一封信中得到回应：“在这儿，我的巴黎如影相随，一如你的回忆。…而我，躺在草丛中，因我的记忆而心痛，好似在渐渐远去的鼓声中，看到我的巴黎，穿过松树林，远去…啊，巴黎！…巴黎！…永远的巴黎!”

当都德在巴黎时，他总是想念普罗旺斯。在《回忆录》中，里奥·都德（都德的儿子）写道：父亲都德为了营造一种自己回到普罗旺斯的幻象，每周都会牵着儿子到特比勾街一个叫“米迪产品”的小店，在那儿买一堆普罗旺斯产品，塞满儿子和自己的口袋。

而当都德在普罗旺斯时，思绪又会不时飘回巴黎。一旦意识到这个问题，读者就可以明了，似乎都德的整个写作生涯都是在准备，就是为了能在他认为的自己的登峰之作《努马·卢梅斯当》中对这一主题进行探讨。在《努马·卢梅斯当》中，都德对南北双方的气质性格进行了对比。在他以前的很多作品，如《小东西》《富豪》中，也曾触及该问题，但在《努马·卢梅斯当》中，该问题成为中心，清晰突出且富于变化：普罗旺斯式的热情奔放，富于幻想，与巴黎式的平和理性、冷静持重互不融合，对立难解。双方无论何时何地相聚，一定导致误解和痛苦。故事情节就构建在这个主题之上，一个法国政治家，生于普罗旺斯，对普罗旺斯有着深深的眷恋，只因娶了一个巴黎女人，导致了一系列的不和谐：对于冲突的描述，开始洞察清晰，慢慢变得激烈，具有了强烈的戏剧冲突。在整部小说中，都德不着痕迹、驾轻就熟地描写了巴黎的虚荣、宏伟以及普罗旺斯的阳光、快乐。为了这本书的写作，都德准备了一生。

然而，这本书也遭到了批判。有人说既然是描写一个政治家的生活，这本书却不是一本政治小说。小说用大量篇幅细致入微地呈现出了努马的性格，却未触及他的政治理想。当然，指责小说家没有写出他应该写的小说很容易，原因可能是，都德想强调当时法国政治生活的思想虚空，更有可能的解释是都德对政治毫无兴趣，他关心的是努马的个人生活而不是政治生活。这部小说描绘的生活激情、人与人之间的相处能打动所有读者。《努马·卢梅斯当》一直是都德最感人至深的作品。

在英国，埃德蒙德·高斯盛赞这部小说为一部艺术品；乔治·梅瑞狄斯写道：“只要可以，就读《努马·卢梅斯当》吧。我对都德的其他作品都不以为意，但这一部确实是完美之作！”亨利·詹姆斯的表达更加热烈：“《努马·卢梅斯当》整体结构紧凑和谐，是一部杰作！毫无瑕疵！堪称完美！”

现在，我们回到最初的问题：为什么后来都德声誉没落？

有些原因在他生前就已露出端倪。当时，他虽然享有国际盛誉，但他的作品争议颇多，褒贬不一。对他的指责主要有：剽窃抄袭，情感太过丰富，缺乏想象力，反犹太主义。

剽窃的指控主要集中在先期发表的与阿瑞合作撰写的《磨坊随笔》第一部分，以及都德小说与狄更斯作品的相似之处。保罗·阿瑞曾与都德合作撰写《磨坊随笔》的第一部分，并发表在法国杂志《事件》上；1883年，保罗·阿瑞宣称完整地参与了1869年的结集出版以及在1879年再版的《磨坊随笔》整部作品的创作。都德的敌人立刻抓住了这个声明，并进一步暗示事实上整部作品都是阿瑞撰写的。

事实是：1866年秋天，第一部分12篇随笔发表在《事件》上；1868年，都德结婚后，第二部分的随笔发表在《费加罗》上。第一部分中的五篇署名为“玛丽·格斯顿”，这是一个双重假名，由都德和阿瑞挑选，以显示他们的共同创作；第六篇署名“阿尔丰斯·都德”，下面括号内注明“玛丽·格斯顿”；余下的所有随笔仅仅署名“阿尔丰斯·都德”。第二部分的所有随笔全部署名“阿尔丰斯·都德”。

对于阿瑞的指控最仁慈的解释是：在与都德合作的17年后，都德已经成为名噪一时的畅销书作家，而阿瑞永远无法企及这个高度，所以他在经常打发时光的巴黎咖啡馆里，向跟自己一样无所事事的人抱怨说自己的作品被掠夺了。这个指责，虽然恶意，但可以理解。可那些评论家们，巴不得对畅销书作家发泄满腹怨气，自然抓住不放，大做文章。

同样是这群评论家，坚持称都德的小说与狄更斯的作品有太多类似之处。他们努力寻找两位小说家在角色刻画上的具体平行点。《小东西》出版后，被称为都德的“科博菲尔德”，作者也被称作“法国的狄更斯”。

都德曾多次说明，当他写《小东西》时，还没有读过一本狄更斯的作品；而狄更斯本人，在读过《小东西》之后，对这个法国年轻的作家表现出超乎寻常的喜爱之情，称都德为“我的法国小兄弟”。同样，《塔拉斯孔城的达达兰》出版后，评论家们又迅速抓住机会，指出这部作品与《匹克威克外传》的相同之处。这个指责，根本就是欲加之罪：作品《塔拉斯孔城的达达兰》本身就是一个笑料，主人公荒谬绝伦，完全是一个笑柄；而匹克威克先生有喜感，却可爱，虽有一丝蠢钝，却完全正常：两个角色毫无可比性！

都德在《巴黎三十年》中，对这些指责做出回应，他认为自己与狄更斯的作品偶然相似，是因为两个人性情相似，对事物易产生共鸣；并且两个人早期生活经历相似，都在童年经历过不幸与贫穷，青年时期又都经历过磨难和奋斗，使他们都能感知人类苦难，产生共鸣。这种对苦难的理解，特别是对“迷失在大都市的童年苦难”的理解，使两位作家互相吸引，也使他们作品中的众多人物因此而被夸大扩张；但二人之间真正彼此吸引的是他们能够在作品中融入幽默和痛苦，引得读者含泪大笑。

下面两条推理，将证明都德从未剽窃抄袭，也从未有此想法。在此之前，要提到一点，福楼拜也曾被指责剽窃，因为他在写作《布瓦尔和佩库歇》前，曾读过一个短篇故事《两个法庭书记员》，其故事情节与《布瓦尔和佩库歇》惊人地相似。

从都德的笔记和手稿来看，有充分证据证明，他努力保持高度的艺术忠诚。保持最高水准，对他尤其重要，这一点不止体现在《小东西》里，也体现在本书的多篇随笔中。此外，都德一生都在以某种形式与人合作，听取他人的建议，青年时期是兄长，婚后是妻子，但他从未想将合作建立在发展他人的思想之上。很明显，如同拉比赤和费岛一样，都德的性格是需要有人倾听、产生共鸣，并给予他道德上的支持。我们可以肯定地宣称，也如同拉比赤和费岛一样，都德是自己所有作品的唯一创造者。

对都德的第二个指责——情感过于丰富——可以这样理解：感情过于丰富也同样适用于狄更斯，但是，这个标签并没有恶意地、毫无判断地贴在狄更斯的所有作品上，同样，也不应该贴在都德所有的作品上。在都德最好的作品中，包括《磨坊随笔》《小东西》《努马·卢梅斯当》，以及其他作品中，情感极限一直控制在艺术范畴之内。在这些作品中，情感丰富不是缺陷，而是完善；不是减弱故事魅力，而是推进故事发展；很大程度上，是情感给予了作品永久的感染力。

优势随时可以变为劣势，这一点在都德刻意养成的文学风格（站立文学）中一直存在。危险在于，这种风格很大程度上依赖于作者具有的感染性语言及其中的温暖和魅力，这种风格很容易堕落成为作者直接挑动读者情感，轻盈地拨动读者的心弦。狄更斯经常这样做：他看到读者喜欢哀婉动人的词句，就提供这样的词句给读者。今天看来，小妮儿（狄更斯作品中的人物）的死让人反感，但是人们仍然继续阅读狄更斯，也不会谴责他过于感情丰沛。当然，《小弟费洛蒙与兄长里斯勒》中迪洛波的死也让人反感，但不应该就此谴责都德，并不再读他的作品。并且，都德从未对作品中的反面角色过度煽情，他给予他们同情，同时也给予他们的受害者更大的理解和爱怜。但是，在这一点上都德与现代小说背道而驰：现代小说，从普鲁斯特到格雷厄姆·格林，他们都倾向于忽视正面角色，却对无情和堕落的角色毫不吝惜笔墨。

对于第三个指责，都德不无骄傲地承认，自己缺乏想象力。他认为自己所描绘的一切均取材于生活：对他来说，想象就是记住发生过的！他是用笔记和记忆来弥补他所缺乏的想象力。都德所使用的可能是他自己作为作家最不能割舍的利器：与他人产生共鸣的天赋，敏感卓越的感知力，生动形象、即刻描述传递相关人物、地点和事件的感觉、品质及其独特差异性的写作力。在他的后期作品《生活点滴》中，他写到了对自己的评价，这一点也证明了他具有敏锐的触觉："我恰如一台奇妙的感情机器，特别是在年轻时……我就如集聚水滴的多孔岩石：印象，感知，足足可以写满一堆书，还都如梦境般强烈。"

在这一点上，评论家们好似刻意没有去抓住问题的本质：都德缺乏的是无中生有的能力，而不是想象力。法国批评家们误解了都德想象力的本质。都德发现自己无法无中生有：他必须以自身生活所知的人物和地点开始，然后他的想象力开始发挥作用，恰如狄更斯一般，他的想象力倾向于对现实进行渲染夸张。他运用想象力，对真实状况进行渲染，使情况更加辛辣，更加可悲，或者更加美丽如画。因此，他常被指责叙述不准确，故意省略和扭曲事实。最显著的例子是本书的序言，序言首先是作为一篇文章发表在《新评论》上，然后作为序言出现在《磨坊随笔》的第二版中。序言中，都德没有坦白承认他的"磨坊"不曾是废墟，但他在描述中做出妥协，把"磨坊"描述成信中的模样，还加了暗示，说"磨坊"后来被重建了。他曾说过，他一到蒙托班，就会吹起口哨，呼唤一只狗陪伴他同上磨坊。事实上，都德童年时，曾被疯狗攻击，因此他非常害怕，甚至厌恶狗。

第四个指控，都德是反犹太的。虽然这个指控不会影响对于都德艺术成就的评价，但仍然被用来指责他。但就都德作品及其周围的朋友来看，似乎都不能证明这个指责。然而，他的儿子里奥·都德的作品及其交往的朋友却能说明里奥是激进的反犹太主义。从都德为人所知的点点滴滴来看，他投身于任何形式的种族歧视或种族仇恨，都与他的性格不符。都德之所以会被贴上这个标签，大概是因为有一次都德去看望儿子，因儿子的这个罪孽，引起了误解。里奥·都德在《回忆录》中写道，父亲去世前几个月，已经是疾病缠身，精疲力竭，曾表示赞同军事法庭判决德雷福斯有罪（1894年，法国陆军参谋部犹太裔的上尉军官德雷福斯被诬陷犯有叛国罪，被革职并处终身流放，法国右翼势力乘机掀起反犹浪潮。此后不久即真相大白，但法国政府坚持不愿承认错误，直至1906年德雷福斯才被判无罪）。此外还有各种各样的报道，称都德在去世前参加了一个文学聚餐，话题谈到德雷福斯事件，左拉和都德之间发生争执，左拉支持重审，而都德则站在法官一边。

几天之后，都德在家中去世，当时正与家人用餐。15年来，他一直忍受疾病折磨，只能靠药物稍稍缓解。1885年，他参加维克多·雨果的葬礼，签字时，竟无法握笔。1882年，他的作品收入每年基本达到12000英镑，他雇用了全职秘书朱尔斯·艾伯。自此，朱尔斯·艾伯始终陪伴在都德身边，给予他无微不至的照顾，直到他去世。1887年，都德的朋友，神经科专家查克，诊断出他患有运动性运动失调，他全身上下饱受痛苦的折磨，只有注射吗啡或者三氯乙醛才能入睡。虽然饱受折磨，但都德从不抱怨，他坚信在世界上所有的审判都会宣判，所有判决的都要执行。“我完全相信‘善恶终有报’；我看到人们为自己的付出而有所报，付出或是好或是坏，回报也或好或坏！这回报，不是来世，因为来世我无法预知，而是今生，现世，或早或晚。”（《为生命而战》）

都德卧病在床，遭受比死更难受的折磨，而那些证明都德是反犹太主义者的证言，就是在与这样一个将行就木的人打交道时得来的，所有这一切都证明，那证言不过是添油加醋罢了。与此相左的还有一个事实：西奥多·赫兹尔，犹太复国主义创始人，曾在作品中写道，他在创作《犹太国》一书时，都德给予了他至关重要的鼓励和支持，并赋予了他更多灵感。正是这本书，激发了犹太复国主义运动，并直接引致现代以色列的建立。不难看出，那些企图给都德贴上反犹太主义者标签的人，是何等居心叵测。

都德生前，享受盛名之时，情况已是如此。今天，虽名声不及他的朋友左拉和福楼拜，都德仍是法语文学界的主要人物。现在，应该把他最好的作品译为英语，当这个时刻到来时，应该给予他的生平和成就全面的介绍。而在此，我只能对他的作品《磨坊随笔》的独特风格加以简介，以满足现在的需求。

从龚古尔兄弟的《日记》及都德诸多好友的记录中，我们得知都德拥有非凡的故事讲述能力，所有人都见证过那一刻，他讲述技巧熟练，语言生动，充满魅力。1895 年，埃德蒙德·高斯到巴黎时，见到了都德，正好赶上他身体和精神稍好的时刻，因此写道：

晚年的都德身体状况呈现出矛盾的状态。他会安静沉默地坐着，一动不动，突然，头、手臂和胸部如触电般抖动，纤细白皙的手指捏着胡子，口里“词”如泉涌——多么色彩斑斓的词语！那次，我在晚饭时看到他，我回想起，甜点后，他会长时间的沉默，然后忽然开始简单地描述他小时候在尼姆收西瓜的场景。毫无疑问，这就是他的惯常风格，魅力无限，充满感性，如诗如画。一瞬间，我们看到，就在我们面前，小小的市场里，堆满了金黄色、粉红色和海绿色的水果，普罗旺斯那无与伦比的晨曦照射下来，一切好似被笼罩在了水晶里。每一个词语，都那么鲜活，是一个人能够用来描绘这样一幅图画的最佳选择，还恰如其分，毫不矫饰做作。①

① 埃德蒙德·高斯. 法国印象［M］. 海尼曼出版公司，1994：120.

都德是个精彩的谈话者，这一点，得到了大家的认同和称赞。都德不是天才作家，像巴尔扎克、西默农、梅尔维尔、福克纳等天才作家都会被内心的写作欲望折磨，而都德从未有过这种痛苦。都德只能通过勤奋努力，将优秀的谈话技能转化为写作者必备的第二个才能：作为谈话者，他能够与听者建立独特的联系，而多年的记者生涯，使这一技能转化到写作上。

仔细鉴赏都德的写作风格，可以发现，他用了很多手段来实现这种关系。都德称自己的风格为“站立文学”，以表达与谈话世界的紧密关系。这些手段值得注意。

他不断在故事中插入作者或读者的旁白，这种做法与说话者对听者施予魔法的目的类似；同样，他喜欢用第一人称叙述，因为随意自然，可以帮助他摆脱文学的严肃感，好似他在与读者直接对话；他也一样使用了从第三人称向第一人称转化的手段，或第一人称向第三人称转化。这个手段，近期被乔治·西默农使用，几乎已至臻境，而安德烈·纪德也注意到，西默农使用该手法是为了在两个甚至三个时间段内叙述故事。都德使用该手法，是为了将读者带入故事中主人公的内心，并传递更加生动的真实感和紧迫感。在《磨坊随笔》中，读者会发现都德大量使用了该手段。

都德在写作中，没有遵守法语刻板的句法和词序，他非常清楚自己这样做的目的：在写作中，传递给读者谈话中所呈现的个人风格，使读者愉悦地感受到作者个人魅力所在。大家所认为的都德的“魅力”，很大程度上其实是他谈话中的温暖亲密，无比精妙地转化到了写作的字里行间。

此外，都德在本书中大量使用了“…”，这一点非常明显，当然，这也是他叙述印象主义的手段之一。都德不愿提供给读者长篇累牍的细节描述，希望给读者以节奏感，因此经常使用类似于电报的风格，这种风格传递给读者一种印象，而不是展现一幅精确的图画。省略正常的连接词，仔细选择形容词，用精妙的技巧安排排列形象，都德把丰富的意蕴情感用一个简单的句子表达出来。断续的长句点缀着延绵的形象，都德把感官影像拼贴，将词语创作得如图画韵律，紧随的堆积如山的断续长句也拥有其自身的远近亲疏韵律。到达顶峰后，读者又再次返回到那影像叠加的图画中，图画依然韵律悠扬。

都德作品之美既是可以读到的文字，又是可以听到的乐曲：沃尔特·德拉·麦贺称之为“眼睛的乐曲”。都德如诗人般选择使用词语：为其声，为其韵；如画家作画般运用影像：为其形象，为其线条。

都德的风格，生动如画，自然神秘，意义隐含，从未明示，这种风格使得都德的作品很难翻译，也使他遭到批判。阿纳托尔·法朗士就一直指责他，认为他的文章结构不平衡，总是使用不同结构，总是使用极少被用到的词语，总是使用方言习语。但是，评论家们在找到足够的错误后，却又不得不承认都德的作品的魅力使他们乐意放弃一切批评。阿纳托尔·法朗士这样结束他的指责：“有什么关系？都德先生会一直是我的挚爱。”

评论家没有注意到的是蒙田对都德的影响。《蒙田文集》是都德的心爱之物，他总是随身携带，本书中的《诗人米斯特尔》就提到这一点。值得注意的是，蒙田后期的散文风格越来越接近口语，蒙田自己也承认他说完一个主题，会直接进入下一个，如在对话中一样，会省略本应该有的连接词。他把句子分割成短语，由句号和冒号分割开。他不断使用插入语，就像他所崇拜的普鲁塔克的风格一样。所有这些风格，都存在于都德的作品中。考虑到都德对普鲁塔克的作品《生活》（在《血腥的灯塔》中提到，并表现出溢于言表的赞赏之情）及蒙田的作品的敬仰，很明显，都德刻意养成的“站立文学”风格，是在这两位作家的影响下形成的。

本书中的随笔在前文中有所提及，这些随笔后来结集出版，即《磨坊随笔》。就如都德在《序言》中提到的一样，该书只卖了不到2000册，后来都德的小说大获成功，该书才得以大卖。书中各篇文章的主题与气氛大相径庭，一些读者吃惊地发现很多故事是悲剧，或者很阴郁，只有很少几篇是幽默的，而那幽默也几乎是讽刺性的。它们仅有的共同之处是：语气亲切，故事的讲述随意亲切，一如对话。

都德随后作品的所有主题，都可以在这些早期的故事中找到源头。这些故事以普罗旺斯为主题，故事充满普罗旺斯的人物、风景、语言以及风俗。当然，其中有一些故事是都德在科西嘉和阿尔及利亚游览后写的。第二个主题对都德来说艺术的完整性，在于其必然的结果，即艺术天分伴随有潜在的毁灭力量。这一主题清晰地呈现在《诗人米斯特尔》《塞规先生的山羊》《比克西奥的钱包》及《一个有黄金脑壳的人》中。都德对这个主题几乎是痴迷的，在《小东西》《艺术女性》《杰克》《萨福》以及《不朽者》中，都德一遍又一遍地写到这个主题——艺术天分是礼物，也是诅咒，会给拥有它的人及他的亲人带来痛苦和伤害。这个主题，埃德蒙·威尔逊在其著作《伤口与神弓》中进行了绝妙的阐释。这个主题也与斯特林堡紧密相关，而这一点也被《磨坊随笔》的第三个主题补充完整了，这第三个主题也是斯特林堡所痴迷的，即爱的主题：拥有不可抗拒的魅力的女人，生来具有掠夺性，毫无廉耻，给男人带来无尽折磨。故事《波卡尔的驿站马车》《来自阿尔勒的女孩》《两个小酒馆》都表现了这个主题。值得注意的是，在这三篇故事中，都德只是旁观者，因此避免了用第一人称讲述时因自身的投入而带来更多的痛苦。在小说《萨福》中，都德描述了与这种女性的关系会带来怎样的痛苦和嫉妒，清晰表达了都德的深切感受。欧内斯特·都德曾说，《萨福》是他的弟弟都德在巴黎的辛酸痛楚的记忆。当时，刚到巴黎的几年，都德与兄长住在蒙马特区的一栋出租公寓里，而都德作品中主人公的原型玛丽·瑞欧也住在这栋公寓里。都德与玛丽·瑞欧的情感快乐纠结，痛苦狂热而持久。毫无疑问，这段感情影响了都德对于爱情的看法。

最后，如不描绘一下都德本人，无论对于他的生平和成就的描述多么简略得当，都不算完整。下面是两段节选，是都德在英国仅有的两位好友的回忆。白洛克·隆迪斯夫人，即希莱尔·白洛克的妹妹写道：

我第一次见到都德，他50岁左右。当时他和左拉左右着法国文学界，我再次这样说，因为这是事实。但与左拉不同，都德对任何形式的自我宣传都退避三舍。在我的记忆中，在我所熟知的法国和英国作家里，都德拥有最卓越非凡的个性。我们第一次会面是在他简陋的书房里，之后我们就成了朋友。当时，都德因为疼痛，无法站立起来欢迎来客。他脸部轮廓鲜明，但脸色苍白，而且头发已经花白，让人吃惊。他虽然曾经体型健壮，当时却病得衰弱不堪。他待人简单温和，说话却变幻多端，光彩四溢。我从未听他提及自己的作品，却听到他表达出对形形色色的人物的热情关注，他总是乐意接见、鼓励任何有志于写作的青年，并给他们提供建议。我从未见过一个人，如都德般慷慨地将自己的技能传授与人，毫不吝啬。都德会阅读籍籍无名之人给他的手稿，并告诉他们自己认为他的作品如何。在我所认识的知名文人中，只有他会这么做。都德仍记得自己写作初期，当时两位法国作家如何退回了他的手稿，并且说他们不得不制定一个规矩，就是拒绝阅读送来请他们提意见的稿子。即使这是都德唯一的美德，我也认为这足以证明都德心地极其善良，正如他忠诚的朋友兼秘书艾伯曾经对我说过的一样。“…我认识都德之时，他有着对贫穷的极度惶恐，就如萧伯纳表述的一样，而且后者也如都德一样，有着善良悲悯的人类良好品质。…”都德与我共享有一个信念：生活的给予是均等的。而他说过，“我是完全幸福的！”对我说这话的，只有他一人。[1]

他的朋友罗伯特·谢瑞德曾尝试这样描述——那个热情的普罗旺斯青年，相貌英俊，热爱生活，30 年后，却变得形容憔悴，让人伤感：头发虽然依旧浓密，却已斑白；眼神几乎丧失了原始神采，只有激动之时，才会跳动火焰；面容上温暖的琥珀色彩已经消失，嘴唇也几乎毫无血色；疼痛在他身上处处留痕，就像火焰烧灼炙烤后，处处坑洼。但是，都德那无以伦比的美貌却依然存留了下来。[2]

善良…悲悯…美丽存在于都德的作品中，而《磨坊随笔》对此表达得最真实、热烈。

---

① 白洛克·隆迪斯夫人. 爱与友谊［M］. 英国：麦克米伦出版社，1943：164.
② 罗伯特·谢瑞德. 都德传记，批判性研究［M］. 爱德华·阿诺德出版社，1894.

序言（第一眼磨坊）

都　德

在阿尔勒通向芳特镇的大路上，过了绞索山和蒙特马儒修道院，就可以看到一座隆起的小山。小山坐落在一个较大村落的右首，洁白整齐，恰似泥瓦匠的院落，山顶满眼苍翠。那苍翠的颜色，可以使处在这阳光炙烤下的乡村的人们，忘掉口干舌燥的感觉。高高的山上，磨坊的风车在无休止地转动；山脚下，是一所宽大的白房子，是蒙特的一个庄园。这老房子很奇怪，刚开始建造时，应该是想建城堡，因此有攀岩而上的台阶和意大利风格的柱廊平台，可后来，却建了农庄式样的围墙，以方便孔雀栖息；门口也尽是藤蔓，无花果树缠绕着铁制井口；工棚里的耙子和犁头都闪闪发亮；瘦弱的杏树林边还有一个羊圈。粉色的杏花正在盛开，它们是蒙特唯一的花儿了，却也被三月的风迅速吹散。没有草地和花圃，也就看不到花园的一丝痕迹，更不能说这庄园看护得很好。只有灰白岩石间还有丛丛松木，有一片地被圈起来，里面却依然野草丛生，那小路也是荆棘遍布，落满干枯的松针，更是光滑难行。里面，也一样呈现农庄与城堡的不和谐：岩石铺地的清凉走廊上有沙发和路易十四时期的扶手椅，扶手椅是藤制的，形状很美，正适合夏季午休；宽阔的楼梯，雄伟的走廊，风穿廊而过，在卧室窗下呼啸，屋内摇曳着怀旧的烛光。走下去两步，看到农庄的厨房，土质地面，凹凸不平，鸡群正在那儿啄食早餐掉下的面包屑。厨房墙壁只是粗粗抹了石灰，用的是胡桃木的挡板，面包箱和揉面缸粗糙平庸，毫无艺术气息。

20年前，一户旧式普罗旺斯家庭住在这儿，他们与众不同，充满迷人魅力，恰如这居所。母亲来自于一个中产的农夫家庭，上了年纪，戴着寡妇帽，身形依然挺拔，独自照管这颇具规模的庄园：有橄榄园，有麦田，有葡萄园，还有桑园。跟她在一起的，还有她的四个儿子，都是老大不小的单身汉，他们都很有名，因为各自曾经从事或现在依然从事的职业：市长，领事，公证人，律师。他们在父亲死后、妹妹出嫁后，聚集到这老妇人身旁，为她牺牲了他们的理想和雄心。他们总是充满敬佩、满含柔情地称呼她：亲爱的妈妈。

保佑这一屋子的好人！冬季，我曾多次来到这儿，寻求大自然的庇佑，在这普罗旺斯小山间的健康空气中，使自己忘却巴黎和它带来的高温酷热。我的到来，无须提前通知，因为确定自己会受到欢迎：孔雀吹响号角；奇迹、奇迹儿和小鼓这三条狗欢快地叫着，围着我的马车跑；吃惊的女仆跑着去告诉主人，头上的阿尔勒头饰随着步伐摇曳；亲爱的妈妈紧紧拥抱我，把我的头紧贴在她灰方格披肩上，就好像我也是她的一个孩子。持续5分钟的混乱、骚动、拥抱之后，我的行李箱也放到了屋里，整栋房子又恢复了平静安详。我吹起口哨呼唤奇迹，那是条老猎狗，是一个法哈曼的渔夫在海上发现的，它当时正趴在一块船的残骸上，在海上漂浮。然后，我们一起爬山，奔向我的磨坊。

废弃的磨坊，一堆坍塌的石头，几根古旧的风车柱子，已经在风中停转好多年了，它们无助地站在那儿，恰似百无一用的诗人。而在山的周围，磨坊生意红火，巨大的翼板一直在转动。

我们与事物之间有着某种奇特的亲密关联。从第一天相识，这被遗弃流放的磨坊对我就已如至爱：我爱它破败的境况，爱它长满草药的小径，戈谢神父就是用这些草药酿造仙酒；我爱它塌陷的平台，在那儿，我可以避开疾风，悠闲度过几个钟头，期间还可以看到兔子跳来蹦去，看到长长的草蛇漫山遍野追赶田鼠，留下蜿蜒孤独的背影。当北风呼啸，摇摇欲坠的墙体在风力下吱嘎作响，破烂的风帆噪音大作，我就会忆起航海时，在眺望灯塔时，在遥远岛屿时的疲惫与焦灼；环绕磨坊的松树林澎湃咏叹，使这个意象更加隽永难忘。我不知自己从何地获得了对于荒芜野蛮之地的热爱，只知自己从幼年之时已是如此，且与自己天然的热情洋溢几乎毫不和谐。可能是因为身体的补偿需求：南方人整个一生都在挥霍浪费，为了补偿，需要避免说话，避免语言与行动。无论是何原因，我万分感谢这心灵的休憩地；在普罗旺斯，这旧磨坊给予了我最多。曾经有一段时间，我很想买下它。或许现在芳特镇的公证人办公室，还可以看到一份草拟的买卖协议，这协议可以作为这本书的序言。

我的磨坊从未属于过我，但这并不妨碍我在那儿度过长长的、充满梦想和回忆的时光，直至冬日的太阳西下，夕阳斜照在修剪整齐的山上，山间恰似流动着黄金溶液，热气蒸腾。然后，贝壳号角吹响，那是塞规先生在呼唤他的山羊归巢，我也会回到热情好客、奇妙无比的蒙特，坐在桌前，准备享用晚餐。晚餐根据个人口味习惯准备：有为领事准备的康士坦斯葡萄酒，也有为老妇人准备的简单晚餐，一碟栗子或者清淡小粥。喝完咖啡，点上烟斗，四位单身汉就动身到村里去，我独自留下来和这个奇妙的妇人谈天。她和善而且充满活力，思维敏感，脑子里都是故事。她讲起自己的童年，讲起现在人们已经不再遵循的善良人性，讲起已经流失的风俗，讲起胭脂树叶子上的朱红色，讲起 1815 年，讲起那次侵略，还有帝国覆亡后，所有母亲的狂欢，那舞蹈，那镇里广场的篝火。她还提到一个英俊的哥萨克军官，穿着表明他是法国军校一员的长袍，请她在波卡尔的桥上跳了一夜的法兰朵儿舞①，弄得她跳起来好似山羊在蹦跳。说起这些，她总是语言简单而又让人信服。随后，她还会讲起自己的婚姻，讲起丈夫过世，还说大女儿离开时，自己虽然身在十几里地之外，可仍然有预感，心脏狂跳不止，还说起她经历过的葬礼及新生命的诞生，说起那个古老墓地关闭时，自己得把所爱之人的骨灰移出。我听着，就好像在翻阅古老的家庭圣经，里面记录了家庭琐事，满是日常生活平淡无奇的细节，有好酒年份的记录，也有完全可以被称作奇迹的自我牺牲和对于上帝意志的遵从。在这个出身中产却半是乡土特色的女人身上，我看到一个女性敏感直觉的灵魂，却也有着女孩子那调皮的未经训导的魅力。说得累了，她就会蜷缩在自己大大的扶手椅里，离开灯光一点儿，夜幕降临，她就会闭上眼睛。我看着她，眼窝深陷，脸部因岁月侵蚀，沟壑纵横，恰似被生活的犁头和耙子深深耕耘过。一切都那么安静无声，如果不是她的手指在口袋里轻轻拨动玫瑰念珠，珠子发出轻微的碰撞声，我会以为她睡着了。我呢，就会安静地走开，在厨房里度过这个夜晚。

巨大的壁炉顶上，悬挂着铜灯，炉火里燃烧着橄榄树根，跳跃的火焰照亮了聚集在前面的一堆奇怪的人，也照亮了他们奇怪的头饰和黄色针织夹克。石头灶台上，是上座，蹲着牧羊人。他虽晒得黝黑，却也整齐干净，轮廓优美的嘴里叼着他的短烟斗。他很少说话，长年累月在高高的多芬阿尔卑斯山上照顾羊群，养成了寂寞沉思的习惯。在山上，他如此接近繁星，他对它们，从米兰的约翰到灵魂战车，都了如指掌。他抽着烟斗，

① 普罗旺斯民间舞蹈。都德曾在小说《努马·卢梅斯当》（Numa Roumestan）中细致入微地描述过这种舞蹈。

说着方言，声音洪亮，偶尔会吐出些奇怪的寓言和俗语，我记录了一些：

“人如其言，牛如其角；猴子干活，琐碎无聊；月淡，雨来；月红，风来；月白，日晴。”

每晚，他都会以同样的话结束发言，那句话也是永远那么不和谐：“那老妇人路走得越多，知道得越多，就越舍不得死去。”

他身边，是猎场守护者密提费欧，绰号“手枪”。他长着白胡子，眼睛带笑，总是以普罗旺斯特有的方式，用无数的故事和寓言逗得大家大笑，发掘出人们活泼爱嘲弄人的一面。有时，当大家因为手枪的故事哈哈大笑时，牧羊人会很严肃地说：“如果你认为自己有白胡子就机智风趣，那山羊也当如此。”这儿还有老斯波利特，驾车人多米尼克，和一个绰号“搜寻者”的驼背。那驼背，有点儿类似某种妖怪，或者就是村子里的密探：他那锋利的眼神，可以刺穿墙壁和漆黑的夜色；他那暴躁易怒的灵魂，被宗教和政治仇恨所吞噬。

你应该听过他模仿讲述让·考斯特的故事。让·考斯特是1793年的一个革命者，革命后不久就死了，但直到最后一刻他依然忠于自己的信仰。听听他讲的这个故事：让·考斯特步行60里地，就为了看神父和村里的两个助理牧师被推上断头台。“是的，我的孩子们，当我看到他们把头伸进断头台瞄准器的时刻，我心想，那瞄准器不适合他们，恶鬼应该把我带走，那瞄准器正适合我…是的，年轻人，我这样想，觉得很开心…”让·考斯特，冷得发抖，他的老旧的躯壳紧贴着阳光照射的墙壁取暖，对围在身边的年轻人说：“年轻人，你们读过伏尔尼吗？儒汶，你读过吗？这个家伙通过数学证明太阳是唯一的上帝！我发誓！以上帝之名！只有太阳！”还有他对大革命中那些人的评判：“马拉，好心的小伙儿！圣茹斯特，好心的小伙儿！丹东，也是个好心的小伙儿！只不过堕落了，成了中庸派。”还有，让·考斯特躺在床上，四肢摊开，垂死挣扎，像是鬼魂，用法语呼号着，就是为了把话直接砸在牧师的脸上：“滚出去，你个乌鸦！这活尸还没死完！”驼背重复这话时，狰狞可怕，力道惊人。女人们都会大叫出来：“噢，圣母呀！”睡梦中的狗儿惊醒，跳起来，对着门狂吠。夜风正击打着门，门在呻吟，此时，为了缓解这纷乱的气氛，一个女性的歌声响起，嘹亮清新，是萨博利所做的圣诞歌曲：“在空中，我看到…绿色天使…肩生双翼，巨大无朋。”或者，更可能是，智者降临伯利恒：“看那沼泽之王，眼睛斜视，孩童耶稣在哭泣，那国王再不敢进入…”这是普罗旺斯三眼笛吹出的简单欢快乐曲，我记录了下来。在这古老灶台的灰烬旁，我还记下了所有的印象，话语词汇的变换更替以及本地习俗。

有时，在奇思妙想的引领下，我也会在磨坊周围到处游荡。可能是去卡玛格打猎或钓鱼，卡玛格就像是普罗旺斯一角的一个小草原，在那儿，野马和牛群可以自由奔跑，不受约束。有时，我也会去找我普罗旺斯的诗人朋友们，他们称自己是菲里布热（普罗旺斯作家协会），当时，菲里布热还不是一个学术组织，我们只是一个小圈子，五六个好朋友，热衷于拿当时的文学组织取乐，狂热而单纯，没有分裂或竞争。我们有时在马雷恩聚会，就是诗人弗雷德里克·米斯特尔的家乡小村落，从我这儿只要翻过小阿尔卑斯山就能到他那儿。有时，我们也去阿尔勒的论坛，在那儿，聚集着成群的牧马人和牧羊人等着被农夫们雇佣。我们常去瑟里斯营地，在那儿，躺在灰色石碑间的草丛中，听着西奥多·奥巴拿朗诵优美的剧目，周围的空气会随着蟋蟀的鸣叫而震动，讽刺的是，相伴随的还有旁边铁路工厂传出的叮当敲击声，那工厂就掩映在一排了无生气的树林后。朗诵之后，我们会沿着莱斯散步，看着骄傲而风情万种的阿尔勒女孩子们走过，她们或戴着头巾，或戴着小小的白帽子——因为对于其中一个女子的爱，可怜的剑自杀了。有时，我们特意安排在莱波小镇聚会，那儿有一片废墟，锋利的岩石和古老的有纹章雕刻的宫殿，摇摇欲坠，恰似高高的鹰巢在风中颤抖。从那儿看过去，有无尽的平原，再远处，那一抹清澈闪亮的蓝色就是大海。我们会在康奈尔小酒馆儿吃晚餐，然后，就整晚游荡，歌唱，走过蜿蜒的小街道，经过残破的墙壁，爬上零落的台阶，看到破损的廊柱，这一切都闪烁着鬼火般的光芒，使草丛和石头看着像是盖了薄薄的一层白雪。“诗人，”老康奈尔总说，“就喜欢在月光下看废墟。”

菲里布热也会在拉巴塞雷斯小岛的芦苇荡聚会，这小岛面对阿维尼翁的城墙和教皇宫。教皇宫见证了小提斯泰特·维德的阴谋诡计和冒险旅程。在某个水边小店午餐后，我们会去呢芙城堡，去诗人安瑟姆·马修的家，那里以葡萄藤闻名，长久以来都是普罗旺斯最有名的。啊，还有教皇的葡萄酒，我们总是在高高的山坡上喝起这金色的教皇酒，咏唱着米斯特尔新作的诗篇《金色岛屿》：“在阿尔勒，古老奇妙时刻，花开似玫瑰，女王盼丝瑞特…”或者唱起优美的海洋之歌：“橘子货轮，自马如卡出发…”于是我们就真的相信自己身处马如卡，在炽热燃烧的天空下，周围是葡萄园，有些倾斜，由低矮干燥的石头墙支撑着，由橄榄、石榴和桃金娘簇拥着。我们的诗篇飘出酒馆敞开的窗户，长出翅膀，载着我们，穿越康泰欢快的乡间，从市场和炫牛场疾驰而过，在小镇花园和广场的梧桐树下稍作休憩，兴奋之时，我们从这诗句组成的高高游览车上，挥手大叫，向聚集的人群散发我们的万能秘方。那秘方就是普罗旺斯诗篇，以普罗旺斯韵律写出的诗句，以那些农夫的语言写成的美丽诗篇。他们懂得那诗篇，米斯特尔的《米瑞尔》，奥巴拿的《阿尔勒的维纳斯》，安瑟姆·马修和饶曼·威尔的故事，并为它鼓掌。他们加入我们，一起咏唱太阳之歌：“普罗旺斯光荣的太阳，米斯特尔北风的欢乐伙伴，风儿吹皱杜朗丝河水，就像是克劳的一杯葡萄酒。”最终会以一个即兴舞会结束，穿着工作服的姑娘小伙儿们，跳起法兰朵儿舞，砰砰开启酒瓶塞。如果凑巧，有某个正在喃喃祈祷的老妇人责怪我们放纵，英俊的米斯特尔，如大卫王般尊贵，会俯视着她说：“够了，够了，妈妈。只要乐意，诗人们可以任意妄为！”然后，冲老妇人自信地眨眨眼睛，那老妇人就已经充满敬意地垂下头，为他的光彩所折服，他还会加上一句：“是我们，写的颂歌！”

多么美妙呀！在这热情奔放的恶作剧之后，回到磨坊，四肢展开躺在平台前的草地上，梦想着我有一天要写一本书，这本书里，我要写下所有这些仍回荡在我脑子里的歌曲，写下所有的开心大笑，也写下这些引人入胜的传说。这本书要满是这里生机勃勃的阳光，以及阳光照耀下小山的气息。我要写出这本书，使这本书读上去就像是我在这废弃磨坊里、停转的翼板下写出来的一样。

1866 年，《磨坊随笔》最初在巴黎的报纸上连载，署名是两个假名，借用了巴尔扎克作品中的名字：玛丽·嘎斯特。这些关于普罗旺斯的故事由于主题不同寻常，引起了轰动。嘎斯特指代的是我的朋友保罗·阿瑞，他虽然很年轻，但写的剧本已在剧场演出，那部独幕剧充满了色彩与机智，他就住在离我很近的莫顿的森林边。虽然阿瑞当时还未有成名之作，如后来写出的《无花果家族》，或《天真的巴黎》，但他天才惊人，性格坚定，不满足于只做我的助理“磨坊工”。不久，我就只能自己慢慢研磨这磨坊的故事了，风仍然变幻莫测，此时我的生活也是焦灼不安，充满变数。很多时候，我把故事搁置起来。然后，我结婚了，带妻子来普罗旺斯看看我的磨坊。一切都没变，乡村如是，热情的欢迎亦如是。老妈妈温柔地把我们两个搂在怀里，紧贴着她的方格披肩，还让妻子在“男孩子”们的餐桌前吃饭。我与妻子一同坐在磨坊的平台上，北风在吹，风把妻子当作敌人，认为来自巴黎的她与阳光和风为敌，就自我取乐地吹皱了她的裙裾，让它随风飘摇，就像是车尼作品中的年轻姑娘塔润婷。此次行程后，我再一次被普罗旺斯俘获，开始为《费加罗》报写了一系列的磨坊随笔：《老两口儿》《教皇的骡子》《戈谢神父的仙酒》，等等，都是在欧仁·德拉克洛瓦（法国浪漫主义画派代表画家）的工作室里完成的，我也曾在《杰克》和《罗伯特·赫尔蒙特》中提过这个工作室。1869 年，该书由黑泽尔出版社出版，很艰难地只卖了 2000 本。得等待，如我其他早期作品一样，直到对我的小说的需求提升我的知名度，因此提升销量。但这不重要，它仍然是我最喜欢的书，不是从文学角度来说，而是因为它记录了我年轻时最好的时光，傻傻大笑的时刻，自己从未后悔过的狂欢时刻，以及我再也看不到的友好面孔的地方。

如今，蒙特废弃了，亲爱的妈妈去世了，单身老男人们也离开了，呢芙城堡葡萄酒也喝干了。我应该去哪儿找寻奇迹？斯波利特，密提费欧，还有“搜寻者”呢？如果我去那儿，一个人也没了。人家告诉我，只有松林长高了，在它们最高的树梢，翼板被修复了，就像是海上漂浮的船，我的磨坊在阳光下转动，恰似诗人再次高昂起头，梦想家又开始直面生活。

序（契约）

公证人：麦特·豪诺瑞·格帕兹；居住地：帕派瑞古斯特

卖　方：嘎斯帕·密提费欧，薇薇特·康纳利之夫，农夫；居住地：斯格里爱和

本人在公证人见证下，依据法律及事实保证，无任何借贷，出让及抵押，出售并移交。

买　方：阿尔丰斯·都德，诗人；居住地：巴黎

本人出席并同意购买。

一间磨坊，坐落于罗纳河谷，普罗旺斯中心，松树及橡树覆盖的山顶。上述磨坊已废弃20多年，不再适合研磨谷物，因为翼板上已经长满野生藤蔓、苔藓、迷迭香及其他寄生植物。

尽管情况已然如此，风轮已坏，平台的石间长满野草，上述阿尔丰斯·都德仍然宣称作为诗人，他认为磨坊合他用，可以让他写作，因此自愿承担风险，并承诺不因后期的修缮费用向卖方索赔。

此买卖按商定价格成交，上述阿尔丰斯·都德——诗人，已将购房款项现金放在桌上，上述密提费欧已立刻清点并收款。

上述所有均由公证人及证人见证并签字，因此此买卖行为被认可，双方并无异议。

第一章

移居磨坊

倒是磨坊里的兔子被吓了一跳！磨坊的门关闭了这么久，台阶上也长满了草，它们都习惯了，以为磨坊工这个族类早就绝迹了，所以当兔子们觉得这个地方适合它们的时候，就把此地当成了总司令部，战略控制中心，就像是兔子的热马普磨坊![①] 一点儿不撒谎，我搬来的那天晚上，起码有 10 只兔子，围坐在台阶前的平台上，在月光下暖着它们的爪子。开扇窗的功夫，倏地，一平台的兔子都跑了，白色的影子，竖起的尾巴，一晃，就没入草丛中了。真希望它们再回来！

我的到来，还吓着了另一位：二楼的租客——一只凶恶的猫头鹰，它有着智者般的聪明脑袋瓜儿，在这儿住了 20 多年了！就在一堆烂泥破瓦间，它笔直地站在磨盘的机轴上，用圆圆的眼睛盯着我，只一会儿，忽然意识到不认识我，一下惊着了，“嗷嗷”叫起来，还用力拍打它满是尘土的灰色翅膀。这些智者，从来不知道梳洗干净。但那有什么关系。它目光闪烁，面色阴沉，沉默不语，我就喜欢这样的租客。我赶紧和它续了约！

---

① 1792 年，法国军队在比利时小镇热马普击败了奥地利军队。年轻的沙特尔公爵，以及后来的国王路易斯·菲利普，在村落的磨坊里建起了司令部，因此，在法国历史上热马普磨坊声名卓著。

它继续像以前一样占据磨坊的上层，并且由房顶出入。而我，住在楼下的一间屋子里，矮矮的，拱形顶，刷成白色，像是修道院的餐厅。

我就在这儿给你写信，门大敞着，满满的阳光洒进来。我的前面，美丽的松树林一直延伸到山脚。远处，阿尔卑斯精美的山顶隐约可见。一切都寂静无声。偶尔，或远或近，会有笛声飘来，会从薰衣草丛中传来鹬的叫声，还会有路上骡子的铃声…太阳孕育了普罗旺斯乡间的美丽，这里的一切都依靠阳光生存。

你怎么能希冀我怀念巴黎?!你那个吵吵闹闹、肮脏污秽的巴黎?!在我的磨坊，一切都那么完美。这就是我一直寻找的一个角落，小小的，温暖的，飘着甜味的角落，远离报纸、马车、雾霾!…在这儿，我的磨坊里，一切都那么可爱。我来了才一周，脑子里已经满是印象和记忆。说给你听，就昨天晚上，我就看到羊群返回山脚下的农场。我发誓，你这周在巴黎的所有那些所谓的“第一次”经历都比不上这个!听我说哦，然后你自己想想。

在普罗旺斯，夏天来了，人们习惯把羊群赶上阿尔卑斯山，人和羊群会在高高的山上，远远的天幕下，齐膝的草丛中待上五六个月。然后，秋意微凉时，它们从山上下来，来到灰色的小山坡上吃草，那个小山坡，满是迷迭香的香气。嗯，就昨天，羊群下山了。农庄大门从清早就敞开着，准备迎接它们，路旁堆满了嫩草。时间在推进，人们不停地说：“他们到了伊桂爱了吧，到帕拉图了吧。”忽然，一下子，夜幕降临了，一个声音大喊：“回来了，它们!”远远地，尘土飞扬，羊群近了，就连路，似乎也在随羊群前行。领头的公羊群，面目凶恶，犄角朝天；后面紧随大部队，母羊看上去有些疲倦，小羊小步跑在它们身边；骡子跑在后面，戴着红绒帽，背上篮子里是几天大的羊羔，篮子随着它们的步伐摆动，像是婴孩的摇篮；再后面，就是牧羊犬和牧羊人，犬的舌头都耷拉到地上了，而人，这两个得意鬼，穿着自家做的长到脚跟的赤褐色斗篷，像是穿着基督徒祭拜时的圣服。

它们（羊群）快乐地跑过我们身边，挤进农庄的大门，脚步声像是急雨落下，农庄里一片混乱。高枝儿上栖息的孔雀，看到归来的羊群，开始引吭高歌；鸡窝里熟睡的鸡群，受了惊吓，醒了；鸽子、鸭子、乌龟、珍珠鸡——全都醒了。农庄沸腾了！鸡群商量着不如开个晚会吧！羊群带回来羊毛，也带回来了阿尔卑斯山野草的气息，这山里的气息让你沉醉，使你不由得开始挪动脚步，翩翩起舞。

一片混乱中，羊群找到了自己的窝儿。看着羊进窝儿真是快乐：公羊再次见到自己的窝儿，赶紧钻了进去；那些降生在旅途中的小小羔羊，因为从未见过农庄，吃惊地到处张望；最让人感动的是牧羊犬，这尽职的狗儿，只记着它们的责任，不理会农庄上其他任何事儿：看门狗徒劳地从窝里呼唤它们；井边满是食物的篮子，对它们也没有吸引力；它们什么也看不到，听不到，直到所有被保护者安全进窝儿，直到门上的栓放下，牧羊犬才会歇下，才会开始整理自家的窝儿。喝汤的时候，牧羊的狗儿会告诉农庄上的朋友，在那高高的山上，那黑暗的，阴郁的，狼群出没的，开满沾着露珠的紫色、黄色小花的地方，发生了什么。

第二章

波卡尔的驿站马车

我来这儿，乘坐的是波卡尔的驿站马车。车看上去随时会散架，路没多远，可车在路上耽搁的时间不短，这样，它晚上到目的地的时候，真像是走了很长的路。车上，如果不算驾车人，加上我，一共有5个乘客。

一位来自卡玛格，矮胖多毛，眼睛布满血丝，戴着银耳环，一副洞晓世事的样子。另外两位来自波卡尔，面包师傅和他的雇工，俩人都是红脸膛，还总是喘吁吁的，但面部轮廓高贵挺拔，就像是大奖章上维提里乌斯[①]的肖像。最后，前面驾车人旁边，有位乘客，不是，看不到人，只看到顶帽子，一顶硕大的兔皮帽，几乎不说什么，却好似忧伤地看着路。

他们互相认识，一路上大声谈论各自的事，毫无顾忌。卡玛格的那个人说，他曾经因为用叉草的叉子捅了个放羊的，被地方法官从尼姆召唤来。在卡玛格，人人都热血沸腾。在波卡尔，你们两个波卡尔公民，应该不会为了圣母玛利亚而割断对方喉咙吧？面包师傅的教区很久以来都是信仰麦当娜，在普罗旺斯，人们称怀抱着小耶稣的麦当娜为“亲爱的圣母”；而他的雇工，在一个新近开设教堂的唱诗班里唱低音，这个教堂信奉圣母

① 罗马帝国的皇帝之一。在公元69年的“四帝之年”中，他的部队击败了皇帝奥托，奥托自杀，维提里乌斯进入罗马城，成了该年的第三位皇帝。

的无原罪始胎说，他们的圣母是一个美丽微笑的形象，手臂张开，放射出光芒。就为这个，两个虔诚的天主教徒开始大吵特吵。真得看看他们争吵的架势，你才会明白他们对自己的麦当娜有多么忠诚。

“无原罪始胎！亏你们说得出！”

“你们的圣母也不怎么样！”

“在巴勒斯坦，你们的圣母可比她声称的有意思！”

“你们的呢，不过是个捣蛋的女人！谁又知道，她干过什么！你最好去问问她的约瑟夫。”

要是再有刀子晃动，你肯定会认为自己是在那不勒斯港口看决斗了！老天呀，我真的认为，要不是驾车人插手，他们真会为了这个神学摩擦而动刀子。

“够了，别再说你们的麦当娜了，”驾车人大笑着，对那两个波卡尔人说，“这胡话，适合女人说。男人不该掺和。”

说着这话，他甩了一下鞭子，以表达他对世间一切事情持有的怀疑的态度，这下子，人们都认为他的决定是不可置疑的了。

辩论是结束了，但既然开始了，那个面包师傅还得把多余的精力释放出来，这次，他转向了那可怜忧伤、沉默地待在角落里的“帽子”，嘲弄地问：

“磨刀匠，你那老婆，怎么样？哪个教区正接受她的恩泽呢？”

这话肯定有什么可笑的，因为每个人都哄堂大笑！只除了那磨刀匠。他好像没听见一样。看到这样，那面包师傅转向了我：

“先生，你不知道他老婆吧？真是个老婆，真的！波卡尔，没第二个。”

笑声更大了。磨刀匠没有动，低着头，小声地说：

“别说了，面包师傅。”

但面包师傅没有停下的意思，反而说得更起劲儿了：

“笨蛋！有这样的老婆，你还抱怨什么！跟她一起，永远有新鲜事…这美人，每半年跟人私奔一回，她一回来，得有多少新鲜事告诉你呀…就是，这日子过的，窝心…先生，你想他们刚结婚一年，老婆就跟一个卖巧克力的跑了。

“老公一个人在家，哭哭啼啼，借酒浇愁…就跟疯了一样。过了一阵儿，尊贵的夫人回来了，穿着西班牙裙子，拿着一个带铃铛的小鼓。我们都跟她说：

‘快藏起来，他会杀了你的！’

“杀了她！应该如此…可他们又过起日子来了，她还教会他敲小鼓。”

又一阵哄笑！角落里，低着头，磨刀匠呢喃了一句：

“别说了，烤面包的。”

面包师傅一点儿也没留意，接着说：

“先生，你可能想，尊贵的夫人从西班牙回来，会安定下来吧…不是那么回事儿！…老公对这种事儿接受得如此轻松，她就想再试试…西班牙情人后，是个当官儿的，然后是个水手，然后是一个搞音乐的，然后……我可不能都记住。有意思的是，每回都一样：老婆跑了，老公痛哭流涕；老婆回来，老公就好了。老婆一直跑，老公一直等着她回来。得承认，这老公耐性好啊！当然，得明白这点儿，这磨刀的老婆真是个大美人，美得配得上大主教：活泼，迷人，身材棒；皮肤白皙，棕栗色的眼睛，看男人时，总是含着笑意…是呀，尊敬的巴黎人，要是有一天你经过波卡尔，你…”

“哦，请别说了！面包师傅！”磨刀的又说，话里满是心碎的感觉。

马车正好这时候停了，我们到了恩劳庄园。那两个波卡尔人下车了，他们总算是走了，我可没打算让他们再多待会儿…那个面包师傅，他太爱捉弄人了！甚至，他走进庄园里，我们还听到他的嘲笑声。

那两个人走了后，车子空了很多。从卡玛格来的那个人在阿尔勒下车了；驾车人下了车，走在马身边…车上只剩我和磨刀匠了，各自待在自己的角落里，没一句话。天很热，车篷的皮子热得烫手。时不时地，我觉得眼睛合上了，头也很沉重，却睡不着。我好像还听到那句"请别说了"响在耳边，充满忧伤，心碎莫名…那可怜的人也睡不着！我看到他宽大的肩膀在颤抖，他的手——苍白，细长，容易上当受骗的人的手——放在椅背儿上，一直在控制不住地抖，就像老人的手。他在哭泣…

"到了，巴黎人！你到了！"驾车人突然对我说道。他用鞭梢指给我看，绿色的山上，坐落着我的磨坊，像是一只蝴蝶栖息在山顶。

我赶忙下车。我经过磨刀匠时，扫了一眼那顶帽子，走之前，我想看看他长什么样。就像懂我似的，那可怜的人扬起头，直视着我的眼睛：

"朋友，好好看看我，"他说，声音没有一丝感情，"如果有一天你听到波卡尔有人被杀了，你就能对别人说你见过那个杀人犯。"

他脸色苍白，神情痛苦，眼窝深陷，满含眼泪，声音里却是无比的恨意。仇恨——是的，软弱的人，怒火会变成仇恨！如果我是他老婆，我会警惕的。

第三章

老康纳利的秘密

弗昂赛特·马迈，一个上了年纪的吹笛人，时不时来跟我喝杯酒，一天晚上，给我讲了个故事，这事儿就在20年前发生在我住的磨坊这儿。故事很动人，所以我想讲给你听。

亲爱的读者，想象一下——你面前是一壶美酒，一个上了年纪的吹笛人在给你讲这个故事：

先生，我们这个村子，以前可不是这么寂静无声、默默无闻的。从前，这儿面粉生意很兴旺，这村子周围的山上有多家磨坊，方圆10里的农庄都把麦子拿来让我们磨。无论往哪个方向看，都可以看到松树间磨坊里磨盘上的巨大翼板在风中转动，可以看到长长的小毛驴队伍驮着面袋子，在路上来来回回。整整一星期，都可以听到山顶上鞭子甩动的声音，可以听到翼板转动时的吱呀声，和磨坊工的吆喝声，真是美妙！每个礼拜日，我们就会拉帮结伙爬到磨坊那儿去，磨坊工就会给我们一人一杯白葡萄酒。磨坊工的媳妇们穿着蕾丝裙，戴着金十字架，打扮得就像王后。我总带着笛子去，大家就伴着我的笛声跳法兰朵儿舞到夜晚。这些磨坊，你明白吗，不仅是我们这个地方的财富，更是我们的骄傲和快乐。

可不幸还是来了，从巴黎来的一些法国人想到了在通往塔拉斯科的地方建一个蒸汽驱动的面粉磨坊。就像老话说的，喜新厌旧是本性，人们开始光顾那个崭新的面粉磨坊，不久，可怜的风力驱动的旧式磨坊就没生意了。曾经，他们也奋力争取了，但跟蒸汽驱动斗，他们根本不是个儿，然后，哎！他们一个接一个被迫关门了。小毛驴再也见不着了；那些漂亮的磨坊媳妇们卖了她们的金十字架；没白葡萄酒喝了；没法兰朵儿舞跳了！风还是很烈，可磨盘的翼板停滞不动了。此后，有一天，天气晴朗，当地政府官员下令把废弃的磨坊都拆了，在原地种上了葡萄藤和橄榄树。

但是，在这个灾难中，一个磨坊坚持了下来，他不理那崭新的蒸汽驱动面粉磨坊，自家磨坊的翼板仍然勇敢地在转动，就是老康纳利的磨坊。现在，我们就在这个地方，正在度过一个友好的夜晚。

老康纳利干这个活计 60 年了，对此，他骄傲无比。新面粉磨坊的入侵，使他怒火中烧。整整一周，人们都看到他在村子里跑来跑去寻求支持。他大声指控蒸汽面粉坊是想用他们的面粉毒害整个普罗旺斯的人。他总说："别靠近他们，这些骗子用蒸汽做面包，这是魔鬼的发明。我用风，是上帝的发明。"他歌颂风力磨坊的功德，可根本没人听。

盛怒之下，老人把自己锁在磨坊里，像野兽一样独自过活，甚至不让自己的小孙女一起住。薇薇特，他的小孙女，才 15 岁，父母早亡，爷爷就是她在这个世界上唯一的亲人了。可怜的小姑娘得自己养活自己了，她开始在农庄干活，收割，养蚕，或者摘橄榄。老人看上去好像很爱自己的孙女，他经常在酷暑里，走十几里地到孙女工作的农庄找她，找到她，就连续几个小时盯着她看，还不停地抹眼泪。

大家都认为，老康纳利送走孙女，是因为不愿意花钱养她。她的孙女不得不一个农庄一个农庄地找工作，还得忍受那放羊的粗俗的玩笑，还要品尝所有工作的女孩子必须得忍受的种种苦楚，这让大家更看不上他了。

老康纳利也曾经名誉卓著，自尊自爱，现在却完全像个流浪汉，光着脚，戴着的帽子破了洞，裤腰也烂了，真是太丢人了！事实上，我们这些上了年纪的人看到他去做弥撒和礼拜，都为他感到羞耻，他也真切地感到了大家的鄙视，以至于不敢再坐在教堂理事为大家准备的长椅上，而是待在教堂后面，跟乞丐们一起站在圣水旁。

关于老康纳利，有一件事，大家都弄不明白。很长时间，村里没人再往他的磨坊送麦子，可是，他磨坊的翼板一直在转，就像过去一样。到了晚上，我们就会看到老康纳利赶着他的毛驴走在路上，毛驴背上是装得满满的面粉袋子。

“晚上好，康纳利，磨坊还在干活，是吧？”

“从没停过，年轻人。”老康纳利回答得轻快，“我们不缺活儿干，谢谢上帝！”

如果有人问他：真见鬼，你从哪儿找的这么多活儿？他会竖起手指在唇前，严肃地回答：“别出声！我在做出口生意。”然后，就再没人能多问出一个字。

要想着进磨坊偷看一下，想都别想！连薇薇特都进不去……

无论你什么时候经过他的磨坊，大门总是紧闭，巨大的翼板也一直在转，那头老毛驴在平台前吃草，一只身形庞大但瘦得皮包骨的猫趴在窗台上，看着你，目光邪恶。

这一切，笼罩着神秘感，人们喜欢对此喋喋不休，每个人看法都不同，但都同意，这个磨坊里，装满钱的袋子要比装着面粉的袋子多多了！

然而，事情总有水落石出的一天。秘密就是这样被揭开的：

一个晴好的日子，当年轻人伴着我的笛声起舞时，我发现我的大儿子和薇薇特坠入了爱河。总的说来，我还不算太失望，因为，毕竟老康纳利也曾经名噪一时，而且，对我来说，看着漂亮的薇薇特在家里走来走去，也是个喜事。还有，两个年轻人总在一起，以防万一，我决定立刻把事儿解决了，所以就上山去跟那个祖父谈谈。你真该看看那个恶魔怎么欢迎我的：他甚至都不给我开门！我从锁孔里，尽力把事情给他解释清楚。当时，我头上，那只皮包骨的恶棍猫，还朝我吐唾沫，简直是个恶魔！

这老头不等我说完，就用最粗鲁的方式冲我嚷嚷说，让我吹好自己的笛子就行，还说，如果我想让儿子娶亲，就从新面粉磨坊那儿随便找个丫头就行。你能想象，我被这么对待，火都蹿到脑门上了。可我是有涵养的，我压住了火，离开了这个老混蛋和他的磨坊，我回到家，告诉两个孩子我遭受的待遇…这俩单纯的孩子怎么都不相信，他们求我让他们去磨坊，跟老人亲自谈谈…拒绝的话我真不忍心说出口，俩孩子就飞也似的去了。

他们到磨坊时，老康纳利出去了，门被上了两把锁，但老家伙把梯子忘在外边了，这俩年轻人立刻想到通过窗户爬进去，看看这个被人们讨论不休的磨坊里到底有什么。

秘密就在眼前！磨面的屋子里空空如也：没有面袋，没有一粒麦子，甚至墙上、蜘蛛网上，看不到一丝面粉的痕迹！还有，磨坊里特有的麦子被压碎后那温暖的香气，这儿，也没有！主机轴上满是灰尘，上面还睡着那只皮包骨的大猫。

楼下房间也一样，残败不堪，无人打理：床铺没叠，楼梯的一级台阶上扔着一条面包和几块碎布，然后，就在那儿，角落里，有三四条撑开的面袋，里面装的是墙上剥落的石灰和从拆掉的旧磨坊里捡来的垃圾。

这就是老康纳利的秘密！他每晚在路上散步，就为了这些垃圾，这些石灰、砖头和泥浆——都是为了保持磨坊的尊严，让人们知道，磨坊仍然在磨麦子，仍然在磨出面粉！可怜的老康纳利，可怜的磨坊！那新面粉磨坊早就抢走了他最后一个客户！翼板是一直在转动，可磨石没什么可磨的！

两个年轻人噙着泪回来，告诉我他们看到了什么。我听着，心里满是深深的悲哀…一刻都没耽误，我冲到邻居家，告诉他们事实，我们立刻达成一致：收集我们所有的麦子，一起去老康纳利家。我们就这么做了！整个村子都出动了，我们向山顶的磨坊出发，驴子驮着装满麦子的面袋，真正的麦子，排着队上山。

磨坊的门敞开着！老康纳利坐在门前一袋子石灰上，手捂着头，痛哭流涕。他刚回来，发现有人在他离开时进来过，他就知道自己的秘密保不住了！

“哀，莫大于心死！”他说。“我现在就剩下死了…我给磨坊带来了耻辱！”

他痛哭着，就像心在一片片碎裂，他呼唤着磨坊的各种小名，就像在跟一个人说话。

就在此时，驴队到了！就跟过去好的时候一样，我们扯开嗓子，高声喊道：

“嗨，你，磨坊里的！对，就那儿，康纳利先生！”

面袋子在门前堆了一大片，金黄的麦粒流出来，散落在地上，散落在周围……

老康纳利先生瞪大了眼睛，盯着。他捧起一些麦粒，在手掌心里暖着，半哭半笑着，一遍又一遍地说：“是麦子！天上的神呀！真的是麦子！快让我看看它！”

他转过身，面对着我们：

“嗯！我知道，你们会回到我这儿的！那些蒸汽面粉磨坊——他们都是骗子！”

我们要把他扛在肩上，欢呼着回村子。

“不，不，我的孩子们，现在最重要的是，我得喂磨石点儿吃的…你想，它都多长时间牙齿没挨着吃的了！”

看着可怜的老人忙来忙去，割开袋子，盯着磨盘，磨盘压碎了麦粒，扬起灰尘冲上屋顶，我们的眼睛湿润了。

你知道，从那儿以后，我们从没让这个老磨坊工没活儿干过。可是，后来，一天早上，老康纳利去了，我们最后一个磨坊的翼板也从此停转了。康纳利死了，没人接他的位置。先生，你还能盼什么？这个世界上，一切都有终点，我们得习惯磨坊已经是过去的事儿了，就像是过去罗纳河上马拉的船，我们当地的审判法庭，以及过去男士穿的绣花燕尾服，都过去了。

第四章

塞规先生的山羊

献给皮埃尔·格列高儿先生

可怜的格列高儿①，你的生活会永远刻板乏味！

老天呀，人类啊！有人让你为巴黎的一家报纸写稿，多好的工作！你胆敢谢绝了…可怜的家伙，好好看看你自己！上衣都是洞，房子欠租金，脸都饿绿了。这就是10年写诗的结果。你就不能承认你为自己感到羞耻吗？

你个笨蛋，快去给报纸写稿吧！成为专栏作家，不是诗人！你会挣大钱，可以在波旁那儿预订房间，你还可以参加那些第一次舞会，帽子上还插着羽毛……

不！你宁愿不！你认为你有权利有自由，想干啥干啥，不计后果。好，好，听我说说塞规先生山羊的故事。故事会告诉你，要想一直自由是什么后果！

提到养山羊，塞规先生一直不走运。

他一直以一个方式丢羊：晴朗的一天，山羊挣脱绳子，跑到深山里，

① 格列高儿，这个人物实际生活在16世纪初，在雨果的《巴黎圣母院》中被描述成路易十一时期的身无分文的诗人。此后，格列高儿一直被用来指代该类形象。

被狼吃掉。没什么事——主人的爱护，对狼的恐惧——能挡住它们。看上去，它们就像独立的山羊，下定决心要呼吸新鲜空气，享受自由，不惧任何代价。

老好人塞规先生，怎么也不能理解自己的山羊的这种性格，心里充满惶恐。他总是不停地说：

“没用的。山羊跟我待待就烦了，我留不下一只。”

然而，他不甘心，就这样丢了六只羊以后，他买了第七只。这次，他很小心地买了一只小羊，这样小羊可以慢慢习惯跟他在一起。

啊，格列高儿，塞规先生的羊多可爱呀！眼神温柔，有小山羊胡，明亮的黑色蹄子，长长的羊毛让它很暖和，就像是车夫的御寒大衣。

它美得就像小羊中的艾丝美拉达——你记得吧，格列高儿——并且温顺，也可爱，挤奶的时候，从不乱动，也从不把蹄子放到奶桶里，真是羊里的珍品……

在塞规先生的房子后面，是一片山楂树篱围起来的草地。他把小羊放在这儿，很小心地把它拴在最美丽的一块儿草地上，还特意放很长的绳子，还时不时出来看看它是不是很好。山羊心满意足，津津有味地吃草，塞规先生非常满足。

“最终，”可怜的老人想，“还是找到了，它不会厌倦跟我在一起了。”

塞规先生错了。他的小山羊还是厌倦了。

一天，看着山上，小山羊自言自语：

“那儿得多好玩儿呀！在野地上玩儿，不用脖子上拴着绳子，多惬意呀！一头驴子、一头牛可以被拴在草地上吃草，山羊可不一样，空间要大得多。”

从这个时候起，身边的青草变得索然无味。它厌倦了！它越来越瘦，奶也越来越少。它整天都扯着绳子，头朝山林，鼻孔张大，悲哀地鸣叫…太惨了！

塞规先生知道出问题了，可不知道为什么。然后，一天早上，正当他刚刚挤完奶时，山羊转过身，用方言对他说：

“听着，塞规先生，跟你在一起，我只会慢慢枯萎。让我到山上去吧。”

“哦，天啊！这个也这样！”塞规先生大吃一惊，奶桶也掉在了地上。他坐在山羊旁边说：

“哦，布兰切特！你想离开我？”

布兰切特回答：

“是，塞规先生。”

“但，你这儿的草不够吗？”

“哦，不是这个，塞规先生！”

“绳子太短了？我给你弄长点儿。”

“不用那么麻烦，塞规先生。”

“那怎么啦？你想要什么？”

“我想到山上去，塞规先生。”

“但是，蠢羊，你不知道山上有狼吗？假如你遇到狼，你怎么办呀？”

“我会用角顶它，塞规先生。”

“有几只狼害怕你的角呀！过去那几只羊，角比你的更结实，还不是被狼吃了。想想可怜的罗娜，就去年，它还是奶着小羊的妈妈，比任何公羊都强壮——它跟狼撕斗了一整晚…到早上，还是被狼吃了！”

“啊！可怜的罗娜！可我不会改变，请放我上山吧，塞规先生！”

“上帝呀！”塞规先生叫起来，“到底是什么东西钻进了我的羊的脑子里？我花了钱买羊，难道这只又要送给狼吃。我绝不能容忍！愚蠢的东西，不管你愿不愿意，我都要救你！我不会让你挣脱绳子逃跑的。我要把你关到窝棚里去，你要待在那儿——永远！”

然后，塞规先生就扛起他的羊，把它锁进了那个漆黑一片的窝棚，还上了两把锁。可不幸的是，他忘了关窝棚的窗户了，他才一转身离开，小羊就跑了…

你高兴地笑了，格列高儿？老天，我就知道，你会笑！你跟小羊站一边儿，反对像这样的塞规先生…不管怎么样，看看下边儿你还笑不笑得出。

看到小羊到了山上，大家都很高兴，像接待公主一样接待了它：老杉树还没见过这么漂亮的小东西；栗子树弯下腰，用枝尖儿轻抚着它；金色的树冠们为它打开一条通道，还尽力散发出甜味吸引它。整座山都在欢迎它的到来。

你可以想象，格列高儿，我们的小山羊多高兴。没绳子了，没桩子了，没什么东西可以阻挡它四处嬉戏，随意吃草了。那儿的草呀！亲爱的格列高儿，都淹没它的角了！美妙的草呀！各种各样，甜丝丝的，柔软细滑得像蕾丝，跟那些长在封闭农庄里的草，完全不同！花儿也一样！盛开的蓝色风铃草，低垂下头的紫色洋地黄，一森林的野花，流淌着丰盈的汁液！

白色的小山羊都醉了，它不断地打着滚儿冲下山坡，洒下一路的落叶和栗果儿。它会突然一跳，四脚着地，开始撒着欢儿跑，鼻子都翘到天上去了，进草丛，上峭壁，下溪谷，上上下下，无所不在。你肯定以为，得有一打儿塞规先生的山羊在山上出没！

很简单，小布兰切特无所畏惧！

飞身一跃，它冲进湍急的河流，让细浪浸湿，它在岩石上伸展开四肢，让太阳晾晒。一次，它站在高原边沿，俯视身下远远的平原，它看到了塞规先生的房子和房后的小院子。它大笑起来，笑得眼泪都出来了。

“多么渺小、多么微不足道的地方呀!”它说。“我过去怎么能受得了?”

可怜的小东西！站得高，它以为自己也长得巨大，几乎就跟这个世界一样大了。

长话短说。这一天，塞规先生的山羊过得美妙极了。中午时分，它到处游逛之际，邂逅了一群岩羚羊，它们正在享受一顿野藤午宴。我们的小流浪者惊喜不已，羚羊们让出一块儿藤蔓长得最好的地儿，让它享受，还都绅士地给予它关照。甚至，看上去——就咱俩说，格列高儿——一个年轻的、黑色毛发的公羚羊讨得了布兰切特的欢心。这两个相爱的“人”迷失在森林里一两个钟头，如果你想知道它们彼此呢喃了什么，那你得去问藏身在青苔间潺潺流过的小溪水了。

突然，风清冽了，山被晕染成了紫色，夜幕降临了。

“这么快!”小山羊说，呆呆站着，大吃一惊。

山下，田园笼罩着薄雾。塞规先生的小院子看不到了，只隐隐看到房子的屋顶和烟囱里冒出的袅袅炊烟。它侧耳倾听，有羊群回家的叮当铃声，无尽的哀伤突然淹没了它…一只回巢的鸟，飞过它时，翅膀拍打到了它，它吓得猛然一跳…然后，山间回响起一声嚎叫：

“嗷…嗷…”

它想到了狼。这蠢东西，一整天都没想过这事儿…同时，远远的山谷里，响起了号角声，是善良的塞规先生最后一次呼唤他的山羊。

“嗷，嗷…”狼在嚎叫。

“回来，回来！”号角在呼唤。

布兰切特突然想回去了，可转念一想，那绳子，那桩子，那篱笆环绕的小院子，它觉得自己再也忍受不了那样的生活了，最好还是待在这儿。

号角不再响起。

山羊听到身后草丛窸窣的声音。它掉转身，看到黑暗中，两只竖起的短耳朵，一双放光的眼睛…是狼！

狼，身形巨大，坐在那儿，一动不动，眼睛盯着小白羊，脑子里已经在想它的滋味了。它知道怎么都会吃了它，所以狼也不着急，等小羊转过身，面对它，狼发出了邪恶的笑声。

“嗨，啊！这不是塞规先生家的小山羊吗！”狼用巨大的红舌头舔了舔流着口水的大嘴。

布兰切特觉得那么无力…它想起了老罗娜的故事，它撕斗了一整晚，早晨还是被吃掉了。它脑子里闪过这个念头，不如现在就被吃了算了。不过，它立刻改变了主意。它做好防守准备，头朝下，犄角朝前，只要还是塞规先生的羊，就该这么做。不是说它想杀了狼——山羊是不会杀狼的——而是要看看它能不能像罗娜那样坚持那么久…

狼往前进，羊犄角反攻了！

哦，了不起的山羊，它站稳了自己的领地。十好几次——一个谎字儿不撒，格列高儿——它把狼逼得只喘气，不得不后退。在这些短暂的间歇里，小羊会匆忙吃一口它如此热爱的青草，然后，嘴里还占着，又开始战斗了…战斗持续了一整夜。不时地，塞规先生的小羊会看看无尽的苍穹中的点点繁星，跟自己说：

“只要我能支持到天亮！…”

星星一颗接一颗消失。布兰切特的犄角斗得激烈，而狼咬得越来越深…地平线上渐渐出现一丝光亮…下面农庄里的公鸡大声啼鸣起来…

“最终!”可怜的小羊对自己说，它一直在等天亮，在等死。它四脚摊开，躺在地上，它那洁白的皮毛满是自己的鲜血…

那狼，扑向小羊，吃了它。

再见，格列高儿!

这故事可不是我编的。如果哪天你来普罗旺斯，农庄上的人会跟你说起“塞规先生的山羊和狼斗了一整夜，后来到了早上，被狼吃了”。

听好这些话，格列高儿:

“到了早上，被狼吃了。”

第五章

繁 星

普罗旺斯牧羊人的故事

在吕贝隆山放羊的时候，我经常整星期看不到一个人，只能和我的狗、拉贝，还有羊群在一起。有时，会遇到从绿日山来这里采草药的隐者，或者从皮埃蒙特来的黑脸的烧炭翁，但这些人都深居简出，几乎不说话，更不知道山下村镇里的人们在讨论什么。所以，每两个星期，当山路上传来骡子的铃声，慢慢走近，我会看到农庄上那小孩子的笑脸或者老阿姨诺瑞的褐色帽子出现在山路上，我就知道，他们给我送两周的补给来了，我甭提多高兴了。我会要他们告诉我山下发生的事儿：谁家孩子洗礼了，谁家举行婚礼了。当然，我最感兴趣的，是听他们说主人的女儿丝黛芬妮的事儿，她是方圆 10 里最美的姑娘了。我尽量不露出太急切的样子，打听她是不是去了很多集市和舞会，或者是不是又有新的追求者上门。如果有人问我，这些跟我一个山里穷放羊的有什么关系，我会说我 20 岁了，而丝黛芬妮是我这辈子见过的最漂亮的女孩。

但是一个星期天，补给送得特别晚。早上，我对自己说："是因为大弥撒的缘故。"中午了，来了场大风暴，我想可能路不好走，骡子没法出发。最后，下午三点左右，天晴了，微雨的青山在阳光下熠熠生辉，树叶上的水珠嘀嗒落下，湍急的溪流汩汩流过，终于，我听到了骡子的铃声。铃声欢快，就如复活节教堂的叮当钟声。但不是那农庄小子，也不是老阿姨诺瑞，是谁在牵着骡子呀？是谁？猜猜是谁？我主人的女儿，丝黛芬妮本人！雨后山里的清冽空气中，她袅袅婷婷地骑在骡子背上，柳条筐之间，脸色红润鲜艳。

农庄小子病了，诺瑞阿姨跟孩子度假去了，美丽的丝黛芬妮边下骡子边告诉我这些，还说，她之所以迟到，是因为在山里迷路了。但看到她穿着最好的衣服，上面装饰着花缎带和蕾丝，以及她那闪亮的裙子，我觉得更像是舞会耽搁了她，而不是路上的灌木丛。啊，她是多么美的一幅图画呀！我的眼睛无法从她身上移开。真的，我以前从未如此近地看过她。冬天里，羊群被赶到山下，我在农庄里吃晚饭，她有时会很快地穿过那间屋子，几乎不跟佣人说话，衣裙飘飘，骄傲自信。现在，她就在我面前，只有她和我，这足以让我忘乎所以！

丝黛芬妮把补给从筐子里拿出来后，开始饶有兴趣地四处看看。她把裙子提起一点儿，以防弄脏，她走进了羊圈的一角，要看看我住的小窝。我那草铺成的床，床上铺的羊皮，挂在墙上的大斗篷，我的钩子，我的燧发枪，都让她好奇。

“这就是你住的地方，可怜的牧羊人？你一直自己一个人，多无聊呀！你都干什么、想什么呀？”

我想说：“我想您，小姐。”这也是实话，但我太窘迫了，一句话也说不出来。我觉得她也意识到了我的窘迫，还故意这样捉弄我：

“你的恋人会来看你吗，牧羊人？我想她一定是仙女爱斯特雷拉，只有在山顶才能见到她…”

她这么说的时候，真像爱斯特雷拉仙女，头向一边歪，笑起来好美，她急匆匆要走，让她看上去更像来自仙界的访客。

“再见，牧羊人。”

“再见，女主人。”

她走了，也拿走了空篮子。

她渐渐消失在陡峭的路上，骡子踢动石块儿，滚落下来，一块一块儿打在我心上。我一直侧耳倾听那声音，直到天黑，我还是像处在梦境一般，一动不动，恐怕会从梦中惊醒。夜幕降临，下面的山谷变成了蓝色，羊群挤在一起，哀鸣着要回窝儿，我听到有声音从下面传来，看到年轻的女主人，不像刚才那样微笑了，浑身湿透，因为害怕和寒冷而浑身发抖。

原来，在山谷里，因为暴雨，索尔格河涨水了，她在试图穿过河流的时候，几乎被淹死。更糟的是，这么晚了，我的女主人没法找到下山的捷径返回庄园，而我也不能离开羊群。所以只能在山里过夜，她很难过，主要是怕家里人为她担心，我竭尽所能安慰她：

“七月夜很短，女主人。很快就过去了，他们不会很担心。”

她身上的衣服还滴着水，我赶忙点燃了一堆篝火，让她烘干衣服和脚。我还在她面前放了些牛奶和奶酪，可这可怜的姑娘，既没有心情吃饭，也没心情烘干衣服，看到她眼里的泪珠，我都要哭了。

不知不觉，已是夜幕低垂。太阳落山，天边只剩下一抹淡淡的嫣红。我请女主人进羊圈的小窝里休息。在我的铺上，我铺了些新干草和一张皮质最好的崭新羊皮，向她道了晚安，我就出来坐在外面。上帝见证，除了血液中流淌的爱慕之情，我别无他想，我只是单纯地感到骄傲：我主人的女儿，她比小羊羔还要洁白，比一切都要珍贵，就在羊圈的一角儿，在羊群好奇的注视下，在我的守护下，安然入睡。对我来说，天空从未如今晚般深邃，繁星从未如今晚般耀眼。突然，门开了，可爱的丝黛芬妮就站在我身边。她无法入睡，因为羊群走过时，干草会窸窣作响，睡梦中，还有小羊在咩咩呼唤。她更愿意待在火边，于是我把羊皮披在她身上，把火烧旺，我们就这样肩并肩坐在火堆旁，沉默不语。如果你也曾在野外繁星下度过一晚，你就会了解到在我们熟睡时，这静谧孤独的夜会唤醒一个神秘的世界。小溪的欢唱更加轻快，火焰般的光亮在其中跳跃。山间的精灵随意来去，空气中充满了轻轻地不易察觉的窸窣声，就像是树枝在伸展，小草在长大。白昼给予人兽生命，夜晚赐予万物灵性。如果你对此茫然无知，会恐惧不安…是的，此时，一点儿细微的响动，我的女主人就浑身颤抖，不住向我靠拢。忽然，我们脚下闪烁的湖光里传出声声悠长哀伤的呼唤，起起落落，同时，一颗美丽的流星从我们头顶掠过，穿过湖面，这悲哀的呼唤恰似在呼应这美丽的光亮，彼此相依相伴。

“是什么?”丝黛芬妮在我耳边问。

“一个灵魂进入了天堂，女主人。”我在胸前画了个十字。

她也画了十字，还一直仰着头发呆，过了一会儿，她说：

“你们牧羊人都是巫师，是真的吗?”

“大都不是，女主人。只是我们离星星比较近，比在平原上的人更了解它们的事情罢了。”

她仍旧仰头看着天，手托着下巴，身子裹在羊皮里，她自己看上去就像是来自天堂的牧羊人。

“那么多！那么美！我从未见过…你知道它们的名字吗，牧羊人?”

“当然，女主人…看，正好在我们头上，就是圣詹姆斯路（银河），从法国一直延伸到西班牙。那是加利西亚的圣詹姆斯为我们的查理曼大帝攻打萨拉森人造的，指给他回家的路。远一点儿，可以看到灵魂战车（大熊星座）的四把闪亮的斧子。前面的三颗星就是那三只熊，那个最小的，就是战车的驾驭者。看到周围滑落的群星了吗？那是上帝舍弃的灵魂…那儿，再往下，就是钉耙星或三王星（猎户座），我们牧羊人把它们当作钟表用。看它一眼，我就知道现在已经过了午夜了。更低点儿，南方，可以看到米兰的约翰（天狼座），像火炬在燃烧。看到这颗星，牧羊人会给你讲个故事。一晚，它们说米兰的约翰、三王和鸡笼星（昴宿星）同时接到邀请，去参加一个星星朋友的婚礼。鸡笼星性子最急，先出门，就走了最上边的路。你看，就那儿，天的最上面。三王星走了低一点儿的路，追上了它。但那个懒家伙，米兰的约翰，落在最后，很不高兴，就让自己的手下去堵截它们。所以，三王星有时也叫米兰的约翰手下…但最美的星星，还是我们自己的星，牧羊人星，拂晓，它为我们照亮羊群走出的山路，夜晚，照亮归路。我们也把它叫玛丽露，美丽的玛丽露，喜欢普罗旺斯的彼得（土星），每七年，它们就结一次婚。”

“真的？星星也结婚？”

“是的，女主人。”

当我尽量想跟她说清楚这些婚姻的时候，我觉得有什么美丽的东西靠在了我的肩头上，是女主人，她的头枕在我的胳膊上，压皱了缎带和蕾丝，压弯了头发，睡了。我们一直这样，一动不动，直至繁星即将隐去，黎明快要降临。我注视着睡梦中的她，心底深处似有触动，却被夜晚清凉神圣的夜色所滤净，这夜色只给予我美丽的遐想，绝无杂念。周围的群星默默离去，就像是整齐的羊群。有时，我会觉得，是这美丽繁星中的一颗，那最美丽、最明亮的一颗，迷了路，过来伏在我的肩上，休憩一下。

第六章

来自阿尔勒的女孩

从我的磨坊往山下村子里走，会经过一个农舍，这个农舍建在路旁，农舍后面有一个种满非洲莲花树的院子。这是一户典型的普罗旺斯农家，红瓦，窗户很大，不规则形状，还有巍峨的风轮和滑轮，用来吊起干草，一缕缕棕色的干草粘得到处都是……

可是为什么这个房子让我觉得恐怖？为什么看到它紧闭的大门，会让我心跳加速？我说不出为什么，可这个房子就是让我脊背发冷。它看上去，太静了！你经过时，狗都不叫，甚至连珍珠鸡也悄无声息地躲起来。屋里也没有声音传出来。一点儿声音也没有，甚至连骡子的铃声都没有！如果不是白色的窗帘和炊烟，你会以为这儿根本没人住。

昨天，中午我从村子里往回返，为了躲太阳光，我一直沿着墙角的树荫走。在农舍前边的路上几个工人在安静地往车上装干草。大门开着，我路过时，向里看了一眼，在院子的后边有一个白发老人，他坐在一张大大的石桌前，手肘支在桌上，手托着头。他穿了一条破烂不堪的马裤，而上衣夹克对他来说明显太小了。我停住了脚。

“嘘！是主人，”一个工人对我耳语说，“儿子死后，他一直这样。”

就在这个时候，一个女人和一个小男孩，都穿着黑色衣服，拿着一本厚厚的烫金的祈祷书，从我们身边走过进了院子。

那个人又说：

“女主人和小儿子从弥撒回来了。那个孩子自杀之后，他们每天都去！咳，多大的伤痛呀！他的父亲总穿着死了的孩子的衣服，没人阻止得了。走吧！”

马车要走了。我想知道更多，就问驾车人，能不能坐他身边。就在这高高的草垛上，我听到了这个让人心碎的故事……

那个孩子叫剑。他是村里的好小伙，20岁，面孔英俊，身形挺拔，温柔细致，女孩子的目光总是追随着他，但他眼里只有一个女孩——一个来自阿尔勒的女孩，他第一次遇见她是在阿尔勒的莱斯，她穿着天鹅绒的衣服，上面装饰着蕾丝。开始，农庄里人人都不高兴，因为据说那个女孩很轻浮，而且父母还不是本地人。但剑铁了心，就要那个女孩，他总是说：

“得不到她，我会死。”

这情况，只能接受，双方同意，在秋收后让他们结婚。

然后，一个礼拜日的晚上，这家人正在院子里吃晚餐，几乎就是一个丰盛的婚宴了。未婚妻虽然不在，但大家都为她祝酒。此时，一个男人来到门口，声音颤抖地要求见艾斯缇乌本人。艾斯缇乌走出去，跟他到路上。

“尊敬的先生，”那个人说，“你正在让你的儿子娶一个荡妇，她做了我两年的情人了。我说的，有证据：看看这些信！她父母本来答应把她嫁给我，但自从你儿子不断纠缠她之后，这个女人和她的父母就不愿意再理我了。但我想，您看到这些信之后，她就不应该成为其他男人的妻子了。”

艾斯缇乌读了那些信。

“信说明了一切，”他说，“进来喝杯葡萄酒吧。”

那个人回答说：

“谢谢，我不口渴，只是心里充满悲痛。”

然后，他走了。

这个父亲回到院子里，脸色如常，他坐在桌子旁自己的位置上，晚餐继续欢乐地进行。

当晚，艾斯缇乌和儿子一起到田里去了，待了很长时间，他们回来时，孩子的母亲还在等他们。

“老婆，”艾斯缇乌把儿子送到母亲手里，“看着他！他很不开心……”

剑从此再没提过那个来自阿尔勒的女孩。但他仍然爱她，或者，因为证实了她在另一个人的臂弯里，甚至更爱。简单说，他太骄傲了，对这事，不愿再提一个字。就是这个，杀死了他，可怜的孩子！有时，他会坐在角落里一整天；有时，他会到地里去，一个人疯狂地干10个人的活儿。晚上，他会走上去阿尔勒的路，他一直走，一直走，直到在落日中看到城镇的凸起的影子，他就会转身往回走，他从不往前多走一步。

农庄里的人看到他悲哀孤独，不知该怎么办，他们开始害怕会有灾难降临。一次，晚餐时，他的母亲满含热泪，对他说：

“听好了，剑，如果你还想要她，你可以要她……”

父亲的脸唰地一下涨红了，低下头，因为这个耻辱而羞愧无比。

剑摇摇头，出去了……

从那天开始，他的态度变了。他总是装着很开心，为了让父母安心。他又开始去跳舞，去酒馆，去炫牛会。在芳特镇的集市上，是他领跳法兰朵儿舞。

父亲总说："他挺过去了。"母亲却似乎感到有不祥的预兆，把儿子盯得更紧了。剑和弟弟一起睡在养蚕室的旁边，母亲就在他们的隔壁放了张床睡觉，说蚕可能在夜里需要她照料。

之后，圣埃洛伊节到了，他可是农庄人的守护神。

农庄里一片欢腾！人人都有葡萄美酒，几乎酒流成河。然后还有烟花，院子里的篝火，各色彩灯悬挂在树上！万岁埃洛伊！大家跳法兰朵儿舞直到精疲力竭。小儿子还不小心烧着了自己的新衣服。剑看上去真的很开心，还和母亲一起跳舞，可怜的母亲，都高兴哭了。

午夜时分，他们上床去睡了。大家都困得一闭眼就睡着了。只有剑不行。他弟弟后来说，那一夜，他一直痛哭！可怜的孩子，他还是没有能接受这件事。

第二天，拂晓，母亲听到有人奔跑着经过自己屋门口。她立刻觉得事情不对。

"剑？是你吗？"

剑没有回答，他已经爬上了楼梯。

母亲立刻爬了起来。

"剑！你去哪儿？"

他奔向楼顶的小屋，她紧追。

"剑，我的孩子，答应我一声，你在干什么？"

她摸索着门闩，苍老的手不住地颤抖，一扇窗子打开了，一个人摔在院子里的铺路石上，一切都结束了！

这可怜的孩子曾对自己说：

"我太爱她了！我必得抛开这一切……"人的心，到底能忍受怎么样的痛楚！当我们知道自己无法停止爱那个自己所唾弃的女人，这种重负是心不能承受的！

那天早上，村里的人都在想，是谁，在艾斯缇乌庄园哭得那么绝望？

在那儿，院子里，在那沾满露珠、满是鲜血的石桌前，那个母亲，早起还赤裸着身子，怀里抱着死去的儿子，痛哭不止。

第七章

教皇的骡子

在普罗旺斯田里干活的人说话的时候，总是点缀上俗语、谚语和警句，其中让我觉得最有诗情画意、最与众不同的就是这句了。我的磨坊方圆50英里内，当他们说起一个让人唾弃、报复心强的人时，他们就说："小心那个人！他就像教皇的骡子，那骡子为报一'踢'之仇，等了七年。"

很长时间以来，我一直在找寻这个谚语的源头，什么教皇的骡子为了踢某人一脚，等了七年？可这儿，没人能告诉我，连我的吹笛人，弗昂赛特·马迈也不行，要知道，他可是对普罗旺斯的一切传说都了如指掌的。弗昂赛特认为，我也这么想，这谚语可能是来自于阿维尼翁[①]的一个非常古老的传说，可他本人，除了那谚语本身，再没听过关于骡子的事了。

"你可能只能在西卡达图书馆找了。"这个上了年纪的吹笛人说，还干笑了一声。

这是个奇妙的图书馆，日夜对诗人开放，由小管理员看守，他们还兼职为你用铙钹奏乐。书籍排列奇特，我得背着地，脸朝上躺着搜寻。整个

① 阿维尼翁，1309—1377年，是教皇的居住地。当年，此城繁华无比，荣耀无限。

查阅过程非常愉快，一周后，我终于找到了：我的骡子的故事和那个等了七年的著名一踢！就在昨天早上，在一本手稿里，我读到了它。那手稿浸淫着岁月的颜色，散发着干薰衣草的芬芳，用长长的纱线做成书签。小故事虽然有点儿幼稚，但很迷人，我就试着讲给你听吧，像我从手稿里读到的那样。

无论是谁，教皇在位的日子里，如果没去过阿维尼翁，那就真没见过世面。这个城市喧嚣欢乐，活力四射，筵席不停，真正是前无古“城”！从早到晚，城里挤满游行和朝圣的人群，街上洒满鲜花，装饰着纱织的绣幔，还有枢机主教们前来拜谒教皇。风中彩旗飘扬，罗纳河上帆船的旗子迎风招展。广场上，教皇的护卫兵在用拉丁语高歌，托钵乞讨的云游修士在敲击钵盂。教皇宫被民房簇拥在中间，里面传出连绵的嗡嗡哼哼声：蕾丝生产者飞针走线，裁缝织梭循环往复，他们在缝制教士们的褶皱长袍；锤子敲击，在打制圣坛的餐具；声板叮咚，是琵琶制造者在试弦；织机前，女人们哼唱着赞歌。阿维尼翁桥上，一片欢腾，铃声大作，普罗旺斯长鼓敲响，荡起阵阵灰尘。在我的国家，欢乐时刻，大家都要跳舞，而城里路太窄，没法儿跳法兰朵儿，所以大家都聚到阿维尼翁桥上，在罗纳河上，清冽的风中跳起来！吹笛人，敲鼓的，都去，大家都去！啊，多么快乐的时光呀！多么快乐的城镇呀！不用锻造战戟，因为无用武之地，监狱里堆满的也是葡萄酒。没有战争！没有饥荒！这就是教皇统治下的阿维尼翁！也是因此，当教皇时代逝去，大家对这个时代依然心怀不舍。

在阿维尼翁，教皇叫伯尼费斯①，一个老好人，他去世时，大家都为他泪流成河。他是那么和善友好，骑在骡子上，常跟你开心逗乐儿。你从

① 虚构人物，在阿维尼翁居住的七个主教，无人以此为名。

他身边路过，无论你是贫贱的割草人，或者这个城里的主教区长，他都会非常礼貌地给你祝福！真是教堂里的王子，而且还是来自普罗旺斯的王子！教皇的四角帽上插着气味香甜的墨角兰，帽檐下的笑容隐藏着精明算计。这好心的神父不为女性吸引牵挂，能让他倾心照顾的，只有那葡萄园——一个小小庄园，教皇自己种植，距离阿维尼翁9英里，坐落在洛芙城堡的香桃木丛中。

每个礼拜日，做完晚课之后，这个好人就会来看看他的心爱之物。在那儿，躺在温暖的阳光下，骡子在侧，葡萄藤架下，枢机主教们环绕周围，他会开一瓶自酿的红酒——那漂亮的，像红色玛瑙般的美酒，自此后一直被称作教皇红酒——然后慢慢地一口一口品尝，同时眼光爱抚地流连在自己的葡萄园。美酒尽饮，夜幕降临，在教士们的簇拥下，教皇就心满意足地返回城里。当他经过阿维尼翁的桥上时，他的骡子，会在鼓声和法兰朵儿舞的刺激下，蹦蹦跳跳，而教皇本人，也会随着音乐节拍，甩动起他的四角帽，这个行为使他的枢机主教们怨言四起，但其他的人会说："多善良的王子呀！多好的教皇呀！"

除了洛芙的葡萄庄园外，教皇最喜欢的就是自己的骡子了。这善良的人对待自己骡子的方式，使骡子成为大家的笑柄。每晚，睡觉前，教皇都到骡子厩里看看，门是不是关牢了，槽子里是不是有食儿吃。更甚的是，晚餐后，他要亲眼看着一大碗美酒准备好，这美酒是按法国传统方法制作的，里面满是糖和香料，然后，他会自己把这美酒端给骡子，毫不理会枢机主教们的劝诫…无论怎么说，这骡子还是值得的，漂亮健美，红点黑底儿，脚步稳健，皮毛光亮，背部还平坦宽阔。骡子脖子上系着银铃，挂着流苏，很有型的头上还打了个蝴蝶结，所以，它走路，总是昂首挺胸，得意扬扬。另外，它还如天使般温柔，眼神无邪，长长的耳朵扇呀扇的，让它看上去更好脾气了。阿维尼翁人都很尊重它，它一走在街上，就会受到各种各样的关注，因为大家都知道，要想在宗教法庭得到照顾，对骡子关注就行。教皇的骡子那纯洁的眼神带给无数人好运，提斯泰特·维特以及他的奇妙人生历程就是个好例子。

最初，这提斯泰特是个不学无术的浪荡子，他的父亲，是个黄金雕刻家，把他赶出了家门，因为他不但自己不干活，还不断给其他学徒惹麻烦。之后，整整六个月，人们都看到他在阿维尼翁晃荡，主要是在教皇宫外边儿。有段时间了，这个无赖对教皇的骡子心存念想，还是非常狡猾的念头，下面你就知道了。

一天，当教皇大人骑着骡子独自走在城墙上时，当然是偶然撞上了提斯泰特，不会是旁人。我们的提斯泰特会怎么做？当然是双手紧握，充满敬慕地大声惊呼：

“老天呀！您这骡子多漂亮呀，神圣的神父！请让我仔细看看！啊，教皇大人，多棒的骡子呀，多棒呀！即使是德国皇帝的骡子也不能跟它相比。”

他轻抚着它，对它柔声细语，就像对待年轻的女孩子一样。

“来吧，我的宝贝儿，我的珍宝，我的稀世珍品！”

好心的教皇被深深打动了，自言自语道：

“多好的孩子呀！对我的骡子太好了！”

你知道第二天怎么样了吗？提斯泰特脱掉了他的黄色旧大衣，换上了有蕾丝的漂亮教士袍，紫色的丝质斗篷，系扣的鞋子，进了主教的唱诗班学校，要知道，之前，只有贵族和枢机主教的孩子们才有资格进去。现在，你看到了，狡猾奸诈可以得到什么！但是，提斯泰特可没想就此打住。

一旦开始为教皇服务，这淘气鬼就接着玩儿那个被证明有用的游戏。他对任何人都毫不关注，傲慢无礼，只对骡子殷勤备至。人们经常看到，他在教皇宫的院子里，手里拿着一把燕麦，或者一束红豆草，他轻轻摇动那粉红色的秸秆，还抬头看着教皇的阳台，好像在说："你认为这是给谁准备的?"最后，教皇觉得自己上了年纪，就把照顾骡子厩的事儿托付给了提斯泰特，还让他把那香气四溢的美酒端给骡子，可这也没有让枢机主教们高兴。

对骡子来说，也不是件高兴的事儿。现在，美酒时间一到，首先会出现四五个唱诗班的孩子，他们穿着教士的外衣和斗篷，迅速蹲在干草垛里。一会儿，温暖的焦糖和香料味儿弥漫在骡子厩里，提斯泰特就会出现，小心地端着那碗美酒。于是，骡子的受难旅程就开始了。

它如此热爱那香气四溢的美酒，那酒让它温暖如春，让它腋下生翼。但他们那么残忍，他们把酒放在它鼻子下面，让它吸入香气，当它完全沉醉其中时，他们，那群唱诗班的，那些小坏蛋们，会把这瑰丽的美酒一饮而尽，一滴不剩！而且，只是偷了它的酒还不够，这些唱诗班的，喝了酒之后，都会变成魔鬼。一个拽耳朵，一个扯尾巴，克开爬到它背上，贝尔克把他的帽子扣在它头上。这些坏孩子们，没一个想过，只要骡子后半身一动，飞起一脚，他们都会飞到北极星那儿去，甚至更远！但是，不！它是教皇的骡子，一头充满祝福和坚忍的骡子，无论如何，它都不会那么做！无论这些孩子们做了什么，它都不放任自己。虽然，它确实想对其中一个试试！每当提斯泰特站在它身后时，它都觉得蹄子痒痒的，它也确实有道理这么觉得。这个不学无术的提斯泰特对它百般折磨！酒让他充满了残忍的想法……

一天，他脑子真的进水了！他领着骡子，沿着唱诗班的钟楼，爬到了这个宫殿的最高处！这不是我编的，20 万普罗旺斯人都看到了。想象一下，那可怜的骡子的恐惧！它被带走，沿着环形楼梯，一圈儿，一圈儿，走了一个多小时，也不知道爬了多少层阶梯，突然发现自己，站在高高的平台上，耀眼的阳光下，脚下，1000 英尺以下，是一个让人眩晕的阿维尼翁，市场的柜台就如栗子般大小，营房前的教皇护卫兵细若蝼蚁，再远处，一条银线上，一座小桥，人们在上面跳舞……噢，可怜的，惊慌失措的骡子！它发出了惊恐的尖叫，震荡着教皇宫里的每一扇窗户。

“怎么了？他们到底对它做什么了？”好心的教皇大叫着，跑到阳台上。

提斯泰特已经在院子里了，装着痛哭流涕，还撕扯着头发。

“哦，神圣的教皇大人！怎么发生了这样的事！是您的骡子！哦，老天！怎么能发生这样的事？您的骡子爬上了钟楼！……”

“什么？它自己？”

“是的，教皇大人！就它自己。就上边儿，你看！您看到它两只耳朵尖儿吗？您肯定认为那是两只燕子！”

“哦，天见怜！”教皇朝上看，惊叫起来，“它一定疯了！它会害死自己的！快下来，你个蠢东西！”

天呀！骡子什么也不想再做了！但怎么办？走下去，那肯定不可能：这些台阶，爬上来还行，要想走下去，肯定会摔断脖子一百次！可怜的骡子，绝望中，晕眩中，它在平台上走来走去，眼睛冒火，脑子里都是提斯泰特。

“哦，那个混蛋！只要我活着出去，看明天早上，我怎么给他一脚。”

一想到这儿，它恢复了点儿勇气。亏得这个想法，它才坚持下来。最终，他们终于把骡子弄下来了，可真了不得，得用滑轮、绳子和吊索慢慢把它降下来。你可以想象到，对于一头教皇的骡子，被这样吊在高空中，四条腿在空中哆嗦，就像拴在绳子上的小甲虫，是多么耻辱。而且，整个阿维尼翁都在看着！

可怜的骡子那晚根本没睡。它还是觉得自己徘徊在那该死的平台上，下面，满城的人都看着它，笑声震天。然后，它就会想到那个坏蛋，提斯泰特，还想到明天得怎么漂亮地给他一脚。哦，那是怎样的一脚呀，甚至远在帕姆派尔的人都能看到踢起的灰尘。当骡子在骡子厩里为他准备这绝世一踢时，你知道提斯泰特在干什么吗？他正在罗纳河的一艘教皇帆船的甲板上放声高歌，这艘船正驶向那不勒斯教廷，每年詹妮女王陛下都会送年轻的贵族们去那儿接受外交和教廷礼仪的培训。提斯泰特当然不是贵族血统，但教皇坚持这个奖赏，因为他细心照料教皇的骡子，更因为他刚刚那么热心地参与了拯救骡子的任务。

第二天早晨，骡子当然很生气！

“这个混蛋！他一定有所察觉！”它边想，边用力摇着脖子上的铃铛。“好的，这个流氓！我等你回来！这一踢，我给你留着！”

它一直为他留着。

提斯泰特走了之后，教皇的骡子又恢复了往日的平静生活，享受起了平时的所有乐趣。骡子厩里再没有克开和贝尔克！香气四溢的美酒回来了，一起回来的，还有它的好脾气，长长的午休，以及路过阿维尼翁桥上时的加沃特舞步。不管怎样，它的冒险经历之后，城里的人对它显而易见地冷淡了。它路过时，人们会窃窃私语，上了年纪的女人会摇头叹息，而孩子们就会对钟楼指指点点，还大声嘲笑它。好心的教皇呢，也对自己的朋友不那么信任了，特别是礼拜天，当他骑在它的背上从葡萄园往回返时，他想小睡一会儿，脑子的深处就会说：“假如我一觉醒来，发现自己站在钟楼顶上！”骡子看到了这一切，都默默接受了。只有，当人们在它面前说起提斯泰特这个名字时，它的长耳朵就会微微颤抖，嘴角就会微笑，还会把蹄子上的铁掌在铺路石上磨得又快又光。

就这样，过了七年。七年末的时候，提斯泰特从那不勒斯教廷回来了。他在那儿的受训还没结束，但他听说教皇的芥末罐的第一执掌人①突然在阿维尼翁死了，而他觉得这个职位正适合自己，所以就匆忙回来，以获得这个职位。

这个阴谋家走进教皇宫的大厅，教皇几乎不认识他了，他长高了好多，也更壮实了。不得不说，在他身边，教皇看上去老了，不戴眼镜，都看不太清楚了。

提斯泰特可不允许自己发慌：

“什么，神圣的教皇大人！您不认识我啦？我是提斯泰特·维特！…”

“维特？”

“对，您知道，我过去给您的骡子送去美酒。”

“哦！…是…是…我记起来了。提斯泰特·维特。是，你是个好孩子，是，现在你想要什么吗？”

“哦，一件小事，教皇大人，我在想……顺便问问，您的骡子还在吗？它身子壮实吗？哦，很好！太好了！……是，我在想您能否让我取代那个死去的人，成为您的芥末罐第一执掌人？”

“第一执掌人！你！但你太年轻了！你多大了？”

“二十岁零两个月，伟大的教皇，正好比您的骡子大五岁。哦，那奇妙的骡子，我在意大利时多想它呀！您能让我见见它吗？”

---

① 显然教皇约翰为自己的侄子专设了这个职位，现在当然并无此职衔。这个称呼现在指自视甚高的人。

“当然，我的孩子，你会见到它的，”好心的教皇宣布说，他被深深打动了。“既然你那么喜欢那头小东西，我可不希望你远离它。从今开始，我任命你为我的芥末罐第一执掌人。我的那些枢机主教们又要开始冲我嚷嚷了，我才不管呢！我都习惯了。明天晚课后，你来见我，我会在所有主教面前，授予你代表你教职权力的徽章。然后，我就带你去见我的骡子，然后你就陪我们去葡萄园。是的，是的！就是你希望的！现在，回去吧。”

提斯泰特离开了大厅，心满意足。我得跟你说，他是多么急不可待地等着明天的圣职授品仪式。但是，教皇宫里还有比他更开心、更焦急地等待授品仪式的，当然就是我们的骡子。从提斯泰特踏进教皇宫口，到第二天，这可怕的家伙一直不停地吃燕麦使自己精力充沛，还不断试着用蹄子飞踢身后的墙。它，也为那个仪式做好了准备。

第二天，晚课后，提斯泰特庄重地走进教皇宫的庭院里。所有人都在：高职位的教士，穿红色袍子的枢机主教们，穿黑色袍子的魔鬼代言人，戴着院长帽的修道院院长，穿着紫色斗篷的唱诗班孩子们，下等教士也在，教皇的护卫队戎装在身，忏悔的三兄弟组，来自冯杜山面目狂野的隐士们，以及在后面捧钟的小教士，苦行僧兄弟一直赤裸到腰部，脸色红润的司铎穿着法官的长袍，都在！还有分发圣水的，点燃蜡烛的，熄灭蜡烛的…一个不差…真是个奇妙的圣职授品仪式！铃声大作，烟花灿烂，阳光明媚，音乐动人，以及引领舞蹈的狂野的鼓点儿，还有那远远的阿维尼翁桥下…

提斯泰特出现在人群中，相貌英俊，挺拔高贵，人群中响起了羡慕的啧啧声。普罗旺斯的伟岸男子，金色长发，发梢卷曲，胡子翘起，就像沾有他的父亲在雕刻金子时掉下的金屑一样。还有传言，詹妮女王的手曾经抚弄过这迷人的小胡子，而我们的提斯泰特确实器宇轩昂，神情淡然，正合女王意。这天，为了对自己的家乡普罗旺斯表示尊重，他脱掉了那不勒斯服饰，穿上了普罗旺斯风格的大衣，镶着粉色的边儿，大大的帽檐儿上，颤颤地抖着一根来自卡玛格的长长的朱鹭羽毛。

一进门，教皇的芥末罐第一执掌人绅士地鞠了一躬，朝着高贵的阶梯走去，教皇正等在那儿，准备授予他品级徽章：黄杨木汤匙，橘黄色的大衣。骡子就等在台阶脚下，上好了辔，准备出发去葡萄园。当他经过它时，提斯泰特面带微笑，停下来，从背后轻抚它两下，同时，用眼角的余光观察教皇是不是注意到了。位置正好！骡子飞起一脚：

“来吧！接着吧，混蛋！七年了，我一直给你准备着！”

它踢出的那一脚，那么凶残，那么凶残，甚至在那遥远的帕伯斯特，他们也看到了那腾起的烟雾，那大团的黄色的烟雾里，飘舞着一根朱鹭的羽毛，不幸的提斯泰特，就只剩下这根羽毛了。

骡子的飞踢通常没那么有毁灭性，但这是教皇的骡子，另外，可别忘了，这一脚等了七年了！神职人员的怨毒有多深，由此可见一斑！

第八章

血腥的灯塔

昨晚，我无法入睡。美斯特拉尔呼啸的北风一直在吹，呼呼的风声让我无法入眠。整个磨坊一直在咯吱咯吱地响，破烂的风帆，在风中重重地荡来荡去，就像是船上的绳索发出的嘎嘎声。房顶上的破瓦被吹掉了。远处，山上密密的松树林在黑暗中刷刷作响，你会以为自己正颠簸在空旷的海上…

这让我想起了三年前，在血腥岛灯塔守夜的美好夜晚。这个岛在科西嘉海岸，就在阿雅克修湾口。在那儿，我也找到了一个可心的角落，可以独自待着做梦。

想象一下这幅画面，阴暗的小岛屿，红色的岩石，远远的灯塔，遥遥相对的热那亚风格的塔楼，我在小岛上时，塔楼上栖息着一只鹰。在灯塔和塔楼之间，就在海边，是荒废的海军检疫站旧址，现在长满了野草；周围，峡谷纵横，岩石遍布，野山羊和体形娇小的科西嘉马在其中奔跑，鬃毛在风中被吹起，随风飘舞；高高的天幕下，矗立着灯塔，灯塔上白色岩石筑成的平台伸出海面，灯塔守护者在上面来回巡视，绿色的拱门，铁铸的塔顶，还有高高在上的巨大的、多边形的海灯，那灯光似太阳的火焰，日夜发射出光芒，还有成群的海鸟围着灯塔上下飞舞…这就是血腥岛，昨晚，当我听到林间的呼啸声，就想起了它。过去，当我还没有自己的磨坊时，当我觉得需要新鲜空气和独处时，我就会去那儿。

我过去在那儿做什么呢？

跟我在这儿做的大同小异。当美斯特拉尔强劲的干冷北风吹得没那么烈的时候，我会在水边，两块儿岩石间安定下来，被成群的海鸥、水鸟和燕子簇拥着，一直待一天，只是看着海，感受着被催眠的眩晕和慵懒的快意。那种心灵的奇妙狂喜，你也一定有！不是吗？你停止思考，甚至不会做梦，你的自我逃遁了，飞去了，飘离了。你是海鸥，上下搏击；是泡沫，随波逐流；是水珠，晶莹剔透；是雾气，随风飘散；是烟尘，随那捕捉珊瑚的红帆船消失在地平线。你不再是自己，你是一切！哦，岛上那些妙不可言的时光，漂浮游移，如梦似幻！…

风烈时，水边就不能去了，我会把自己关在废弃的检疫站的院子里，院子阴暗狭小，飘荡着迷迭香和苦艾草的味道，我蜷缩在古老的墙根下，被周围一间间的石头小房子包围了，那小房子就像是过去行军打仗的炮弹，此刻在阳光下散发着悲哀和末路气息，而我，也被它慢慢淹没。时不时地，门突然被撞开，草应声抖动…一只山羊突然从风中跑来，看到我，它惊慌失措，戛然止步，四腿蹬地，犄角扬起，全身戒备，却用那孩子般的眼神注视着我…

五点左右，灯塔守护者的大喇叭就会传呼我去吃饭。我就会穿过海边峭壁间的小路，慢慢回到灯塔那儿，每走一步，就会看看水光之间的宽阔地平线，好像我越往上走，地平线越宽。

高高的灯塔上，温馨快乐。餐厅很漂亮，宽阔的石地板，橡木的镶嵌，还有桌子上冒着热气的法式鱼汤，通向平台的门敞开着，阳光照进来…守塔人在桌前等着我入座。有三个守塔人：一个来自马赛，另两个来自科西嘉，个子都不高，都留着胡子，脸上都有岁月侵蚀的痕迹，都穿着类似的山羊皮的短夹克，但性格和做派大相径庭。

他们的不同可以从生活方式上看出来。马赛人，活跃，肯干，忙碌，总是在动，从早到晚在岛上跑，收拾院子，海边钓鱼，拣海鸟蛋，在山间藏起来捉山羊挤奶，还总是在做蒜蓉蛋黄酱或者法式鱼汤。

但那两个科西嘉人，除了职责所在，什么也不会干。他们认为自己是公务员。他们通常会在厨房里断断续续地玩儿纸牌游戏，中间会停下来严肃地给自己点上烟斗，或者用剪刀把大大的绿色烟叶剪碎在手心里。

除此之外，三个人都很和善，简单，朴实，还对他们的客人热情周到，虽然这个客人对他们来说完全是个异类。

享受独自一人被关在灯塔里的时光！对这些守塔人来说，在这儿的日子，时间那么漫长，能够返回是多么高兴，他们得怎么想他呀？在一年中天气好的时候，每个月有一个人会有好运回去，规则是，三十天在岛上，十天回去；但如果是冬天，或者天气不好，规则就得由天定了。大风吹起，海面上涨时，血腥岛周围白浪环绕，波涛汹涌，在岗的守塔人就会一直被困在岛上两三个月，环境还特别恶劣。

“先生，几年前这事儿就发生在我身上了。”有一天，我们吃饭时，老巴托力说，“大概就五年前，就在这餐桌前，一个冬天的晚上，就跟今天一样。那晚，灯塔里只有我和一个叫泰克的同伴，另一个人是病了，走了，还是离岗了，我记不清了。我们就跟平时一样，吃着饭，突然，我的同伴停住了，不吃了，盯着我看了一会儿，眼光很怪，然后就四肢摊开倒在了地上。我过去，摇他，喊他：‘泰克！泰克！…’”

“没声儿！他死了！…你可以想象我当时什么感觉！我坐在那儿，就在他尸体旁，整整一个小时，害怕得全身发抖。突然，我想起来：‘灯！’

我正好在夜幕降临前来得及爬上去把灯点亮。那是什么样的一夜呀，先生！我听惯了海上的风声，可那一夜，风声显然不同寻常。我一直听到楼下有人叫我。我发烧了，还口渴！但我决不会再走下去了…我太怕那个死人了。然而，早晨的时候，我有了点儿勇气，我下去，把同伴搬到他的床上，盖了张单子在他身上，祷告了一下，然后发出了求救信号。”

“可海涛汹涌，我发了一遍又一遍，没人来。灯塔里，我和可怜的泰克在一起，不知会多久…开始，我一直希望我能把他放到船上！可是，三天过去了，不可能了…我该怎么办？把他抬出去？埋了他？岩石太硬了，岛上还有那么多乌鸦！他是个基督徒，我不敢想把他留给乌鸦们…然后，我想，可以把他放在检疫站那儿的石头房子里。我花了一下午的时间完成这个哀伤的事儿，真的需要勇气。是的，先生，即使现在，风大的时候，我下午到那儿，仍然觉得身上背着那个死人…”

可怜的老巴托力！就只是想想这件事，他已经额头冒汗了。

我们过去常常在吃饭的时候叨叨这些事儿：关于灯塔的事儿，大海的事儿，沉船的传说，科西嘉暴徒的事儿。然后，天黑了，值班的守塔人就会拿上烟斗，带上水瓶，夹上这灯塔里唯一的一本厚厚的、红线装订的《普鲁塔克》(希腊历史学家)，消失在楼梯口。一会儿，整个灯塔里就回响起绳索和滑轮的吱嘎声，那是灯被点亮后，灯摆引起绳索和滑轮晃动形成的。

之后，我就会出去，坐在平台上。太阳基本已经落山了，它会拖着身后的地平线更快地向海里滑去。风更清冽了，小岛成了紫色。在我的附近，天空中，一只巨大的鸟儿划过：是热那亚塔上的鹰返巢了…慢慢，慢慢，雾在海上升起，一会儿，除了那环绕小岛的白色海浪线，就什么也看不到了…突然，我的头上，洒下大片的柔和光线，灯被点亮了。小岛整个浸淫在黑暗中，这明亮清晰的光柱射向遥远的海域，而我，躲在这几乎触不到我的、穿透黑暗的光芒之后，静坐着，迷失在暗夜里…但是，风更烈了，天更冷了，我不得不再一次进去。黑暗中，我摸进去，关上大门，落下门闩。我还会摸着路向前走，爬上窄窄的、在我脚下吱嘎作响的、摇摇晃晃的铁楼梯，最终看到光亮，那是怎样的光亮呀。

想象一下，一盏巨大的卡索灯，点着六排灯芯，灯的周围，慢速旋转着灯墙，灯墙上或装备上巨型的透视镜，或悬挂着超大的平光镜，用来阻挡吹向灯芯的风…开始，我为之目眩，那光芒闪烁的锡箔，亮晶晶的黄铜装饰，白色的金属反射镜，凸起反光的墙壁，旋转时发出蓝莹莹的光，这些闪烁的、互相撞击的光线，让我有片刻的眩晕。

然后，慢慢地，我的眼睛适应了，我会走过去坐在灯下面，守塔人身旁，他在大声诵读《普鲁塔克》，以防困意袭来…

外面，是夜，是黑暗的深渊。在小小的平台上，围绕着海灯的玻璃罩，风在咆哮怒吼，像人发疯了一样。灯塔嘎吱作响，海咆哮翻腾。小岛的尽头，几乎淹没的岩石间，海浪发出如隆隆炮声的轰鸣…间隙中，无形的手指在叩打窗棂：是夜间的鸟儿，被光亮吸引，将自己撞向透明的玻璃…在灯塔里，一切都温暖明亮：火焰的噼啪声，灯油的嘀嗒声，绳索的收缩声，以及沉闷的诵读声，宣告着法拉姆的德米特斯的存在。

夜半时分，守塔人会起身，最后看一眼灯芯，他就下楼了。在楼梯上，会遇到第二班的守塔人，揉着眼睛向上走，那水瓶和《普鲁塔克》就交给他了…然后，上床之前，我们总是会先去后面的那个屋子，在那儿，在绳索、灯摆的嘎吱声中，在锡箔的反光中，就着小灯散发出的光亮，他会在那永远翻开的灯塔日志里写下：

“午夜。公海。狂风。远望。船只平安。”

第九章

塞米拉特的悲剧

既然那天的密斯特拉尔北风已经把我们困在科西嘉岛，就让我讲一个关于海的可怕的故事吧。这个故事，那儿的渔民在晚上讲起时，声音里都是警惕，也是这个故事，让我获得了更为奇怪的信息。

这事儿，发生在两三年前。

我当时，正和七八个服务于海关的水手横渡萨丁尼亚海，对新手来说，这个航程很艰辛。整个三月，没一个好天气。寒冷的东风一直无情地追逐着我们，海也一直在愤怒地咆哮翻滚。

一个晚上，为了躲避暴风雨，我们在博尼法西奥湾入口处的一群小岛之间停下来。当然，这些小岛没什么吸引人的：巨大光秃的岩石上落满了小鸟，腐烂泥泞的丛林间，点缀着一簇簇苦艾草和黄连木。可我们的船只破得几乎剩一半甲板了，海水毫无忌惮地涌进来，虽然这岩石看起来邪恶，但晚上待在这岩石间显然要比在船舱里好多了。能找到这么个地儿，我们心满意足了。

我们刚踏上岸，水手就忙着生火，船长叫住我，指着一片被白色石墙围住的地方，那地方在小岛的另一边，几乎被雾气盖住了，问我：

“你去墓地那儿吗?”

"墓地，里奥纳提船长！我们在哪儿?"

"在拉维奇岛，先生。塞米拉特号上的六百人都葬在那儿，十年前，他们的船就在这儿沉没了…可怜的人们！几乎没人来拜祭他们，我们既然来了，至少该过去问个好…"

"乐意之至，船长。"

多么悲凉啊，塞米拉特人的墓地！…矮墙环绕，铁门锈迹斑斑，难以开启，寂静的墓地祈祷室，隐在草中的几百个黑色十字架，没有花圈，看不到一丝祭拜的痕迹。什么都没有…这些被遗忘的可怜逝者，机缘巧合长眠于此，多么凄清、孤寂！

我们跪地默哀片刻，船长大声祈祷。巨型的鸥鸟，墓地的唯一守护者，在我们头上盘旋，凄清的叫声与海的叹息连成一片。

祈祷完毕，我们返回船只停靠的地方。我们不在时，水手们并没有浪费时光，火生起来了，罐子在火上冒着热气。我们围坐在火边，脚烤着火，很快，晚饭就放在膝盖上了，红色的瓷碗，盛着两片夹着酱汁儿的黑面包。大家默默地吃着饭：我们都又冷又饿，墓地还近在咫尺…一会儿，饭后，点上烟斗，闲聊开始了。自然，我们说的是塞米拉特号。

"怎么发生的呀?"我问船长，他正双手托着腮，盯着火苗出神。

"怎么发生的?"里奥纳提回答，深深叹了口气，"咳，先生，活着的都没办法告诉你。我们只知道塞米拉特号，那天满载士兵，离开土伦，前往克里米亚，那天，天气恶劣，到了夜里，天气更糟了。狂风，暴雨，汹涌的海涛，以前从未见过…早晨，风小一点儿了，但海况一样恶劣，最可怕的是，像地狱一样的浓雾挡住了一切，伸手不见五指。先生，没人知道这浓雾有多重…但我想，塞米拉特号，那天早晨可能丢了船舵，否则船是不会撞上这些礁石的，无论雾多大，除非舵没了。我们都知道那个船长，是个了不起的水手。他已经执掌科西嘉站三年了，他对这个海岸了如指掌，跟我一样，因为这是我要了解的一切。”

“您认为，塞米拉特号是那天的大概几时出事的?”

“应该是中午时分，是的，先生。就是一天的正午时分，但漆黑一片，犹如地狱的入口…一个这地方海关的人告诉我说，那天上午十一点半左右，他出去钉房子的窗板，帽子被风刮走了，你知道，海关的人都不富裕，而帽子得花不少钱，所以他冒着自己被大海卷走的危险，四肢着地沿着海岸爬行找自己的帽子。他告诉我，他偶然抬头，看到一艘大船，帆都没了，在风中，朝着拉维奇岛的方向前进。船的速度太快，海关的那个人都没时间好好看一下。然而，所有的事实都证明那是塞米拉特号，因为后来，半小时后，这个岛上的牧羊人就听到从岩石间传来…先生，这就是我说的那个牧羊人，让他自己告诉你…你好，帕隆波！过来暖和暖和，别害怕。”

一个戴着帽子的男人怯怯地向我们靠过来。我曾看到他在火边逡巡，还以为他也是船上的人，没想到，这样的小岛也有牧羊人。

他老了，有张像麻风病人的脸，半痴半傻，可能还因为某种败血症，嘴唇又大又厚，很可怕。船长很费劲才跟他讲清楚我们的意思，他用手指掀开嘴唇，告诉我们：那天中午，在自己的小房子里，他听到岩石间传来一声可怕的巨响。因为当时整个岛都在水下，他没能出去看看。第二天早上，他打开门，看到海岸上满是船只的残骸和死尸。他吓坏了，跑了，跳上小船，跑到博尼法西奥找人去了。

一下说了这么多，牧羊人累坏了，在火边坐下了，船长接着讲：

“是的，先生，就是这可怜的人告诉我们的。他几乎被吓傻了，而且从那以后，就一直这样。事实上，任何人都会疯的。想想，六百人的尸体堆在沙滩上，混杂着风帆和木头的碎片，可怜的塞米拉特！只一下子，大海就击碎了它，击成了碎片，碎得如此厉害，牧羊人帕隆波都找不出几个碎木片可以用来做篱笆围起他的房子。那些人，都扭曲了，肢解了，看上去太可怜了，他们躺在一起，搂紧彼此。我们还发现船长服装整齐，牧师穿着圣衣，在两块岩石间，我们看到一个在船上跑腿的小男孩眼睛睁着，我们以为他活着，但是，死了，无一人生存，天意呀！”

说到这儿，船长自己插了一句：

“小心，纳迪！”他叫了一声，“火快灭了。”

纳迪扔了两三块儿木炭进灰烬里，火又旺起来。里奥纳提接着说：

“最让人伤心的是，这场悲剧发生前三个星期，一艘像塞米拉特一样前往克里米亚的小型护卫舰，以同样的方式，几乎在同一个地方触礁沉没。但当时，我们成功地解救了全体船员和在船上的二十个在役士兵…我们把士兵带回博尼法西奥，并且在海军站照看了他们几天。等他们度过了那个惊吓，好起来以后，我们就祝他们好运，并送他们回土伦。不久，他们就登上了另一艘去克里米亚的战船…你猜是哪一艘…塞米拉特号，先生…对，我们找到了他们所有的人，整整二十个，在一堆尸体中。我自己也曾经在家里照看过其中一个来自巴黎的下士——样貌英俊，胡子漂亮，整天给我们讲笑话，大家乐得不行…看到他也躺在那儿，我心都碎了…哦，我的圣母呀！”

善良的里奥纳提，悲伤不已，他把烟斗里的灰抖掉，裹紧大衣，跟我道了晚安，休息去了。有一会儿，水手们小声交谈着…慢慢地，一个接一个，烟斗熄灭了…所有人都不说话了…老牧羊人走了…只留我自己坐在熟睡的船员间，思绪万千…

我仍然深陷在刚刚听到的悲惨故事里不能自拔，我在想那悲惨的舰船在粉身碎骨前几个小时的痛苦经历，那只有海鸥见证了的悲痛时刻那深深触动我的几个细节：服装整齐的船长，着圣服的牧师，以及在役的二十个士兵，让我可以串起整个悲剧的过程：我看到那晚舰船驶离土伦，驶出港口，海涛翻滚，风声猎猎，但船长是经验丰富的老手，所以船上的人都很平静…第二天，海上起雾了，人们开始不安，所有人都在忙碌，船长一直在船尾甲板观察天气，士兵们住在二层舱里，一片漆黑，炎热无比。有人病了，躺在背包上。舰船颠簸得厉害，人根本无法站立。人们坐在一起说话，得抓紧凳子，还得大声喊彼此才能听见，有些人开始害怕了…你知道，在这个水域，船毁人亡的事儿太多了！那些在役士兵说了很多，可他们说的也不能让人安心。那个爱说笑的来自巴黎的下士讲的笑话，更让人头皮发麻。

“撞船！太有意思了！你得洗个冷水澡，然后，你就被送到博尼法西奥，还可以在里奥纳提船长家里吃水鸟!”

在役的士兵都笑了。

突然嘎吱一声，什么声音？发生什么事儿了？

“舵被冲走了。”一个水手全身都湿透了，在经过二层舱时说。

“一路走好!”那个傻乐的下士喊了一嗓子，可没人再笑了。

甲板上一阵骚动。因为大雾，谁也看不清谁，惊恐的水手们摸着路向前走。没舵，导航不可能了！塞米拉特，完全置于风浪的淫威之下了，随风飘摇。就是在此时，那个海关的人看到它经过，在十一点半。在舰船前边，响起了如炮声轰鸣的巨响。撞船了！撞到礁石上了！这就是结局！一切希望都破灭了，船冲着海岸直撞过去！船长走进自己的船舱，又很快出现在船尾甲板上，服装整齐，他想有尊严地死去。

二层舱里，士兵们一言不发，焦虑地注视着彼此，得病的人努力要站起来，那个小下士也不笑了。门开了，牧师出现在舱口，身着圣服：

“跪下吧，我的孩子们!”

所有人都跪下了，牧师开始为即将逝去的人祈祷，声音洪亮有力。

突然，可怕的咔嚓一声之后，只响起一声呼喊——只一声，响彻大海，人们手臂相挽，恐惧的眼神里，死亡像闪电划过…

“愿主佑吾等！……”

这一晚，我在冥想中度过，想象着十年前的那个夜晚，召唤着那可怜的迷失的船只的魂魄，而它的残骸就在我身边……远处的海峡里，风暴仍在怒吼，篝火在狂风下摇摇欲熄，岩石脚下，我听到停泊在那儿的船在翻滚，发出巨大的呻吟声。

第十章

海关驻守人

我去拉维奇岛，乘坐的就是从韦基奥港出发的艾米丽号，那是一艘又小又旧的海关船，只装饰了一半，根本无法遮蔽风浪暴雨的侵袭，虽然有一个油毡顶的甲板房，可小的只能刚刚容下一张桌子和两张床铺。因此，当天气恶劣时，我们的水手就惨了。脸上水流成溪，湿透了的夹克冒着蒸汽，就好像人正在蒸汽房蒸干一样。冬天的时候，这些不幸的人们一整天都是这个样子。多少个晚上，他们蜷缩在湿漉漉的长凳上，在这种有损健康的潮湿中，浑身发抖，因为在船上，不能生火，而且不能靠岸…但是，没一个人抱怨。即使天气最恶劣的时候，我看到的他们，总是平静安详，脾气和顺。不管怎样，再没人像海关的人一样生活悲惨了！

他们大部分都结婚了，妻子和孩子都住在岸上，他们在海上数月，在危险的海岸线上与狂风搏斗。吃的，就只是发霉的面包和野葱头，从没酒，也没肉，因为酒肉太贵了，而他们只赚五百法郎一年！你能想象出来，那海岸的小屋多么阴暗，而他们也没钱为孩子们买鞋，孩子只能光着脚！…可是，这些人都很知足！在船尾，甲板房的前面，有一只大桶装满雨水，船员们经常过去喝一口。我总记得，每次喝完最后一口，这些家伙都会摇摇杯子，心满意足地“啊”一声，这种幸福感，既可乐又可怜！

其中最开心、最知足的是从博尼法西奥来的一个叫帕隆博的人，他个子不高，身体厚实，饱经风霜。这人，总是在唱歌，即使天气最坏的时候也是如此。当海浪滔滔、天幕低垂、雪花飘舞时，所有的人都很紧张，他们把好帆，准备迎接下一个风暴，这时，帕隆博的平静的歌声，就会划破船上的寂静和焦虑，响彻海面：

不，亲爱的先生，
这是无上的荣耀，
丽赛特美丽善良，
她应该留在这里。

风暴肆虐，即使它让绳索呻吟折断，让小船翻滚淹没，海关人的歌声一样轻快激昂，像海鸥在浪尖上飞舞。有时，伴奏的风声淹没了歌词，但在每一个浪头涌来，在海水每一下冲刷甲板时，都会带回那歌声：

丽赛特美丽善良，
她应该留在这里。

一天，当风疾雨骤时，却没听到他的歌声。如此不寻常，我从舱里探出头："怎么了，帕隆博，不唱歌了？"

帕隆博没吱声。他一动不动，四肢摊开躺在凳子上。我走过去看，他牙齿在打战，整个身体烧得发抖。

"他得了蒲土若儿。"他朋友告诉我。他们说的蒲土若儿，就是胸膜炎，胸部会剧烈疼痛。天空像铅一样沉重，小船里水积成河。这发烧的人，只能裹着破旧的橡胶斗篷御寒，那斗篷在雨中像海豹皮似的发亮——这太令人哀伤了。寒冷、狂风和海浪的冲击更加剧了他的痛楚，我们得找个地方靠岸了。

经过努力，在傍晚时分，我们终于在一个港口靠岸了。这个港口贫瘠寂静，只有在头顶盘旋的海鸥显示出生命的迹象，周围都是高耸的岩石和杂乱的常绿灌木丛。水边，有一所配着灰色的挡板的白房子，就是海关所在地了。这政府驻地的白房子上有个数字似的标志，看上去像是制服帽子，出现在荒野中，使这房子带有了邪恶的味道。就在这儿，我们和帕隆博登陆了，一个病人，只能在这儿暂避，太让人伤心了！我们到的时候，海关的驻守人正要和妻子、孩子在火边吃饭。他们脸色枯瘦焦黄，眼睛深陷，眼圈发黑，显然是热病留下的。那妻子还年轻，手里还抱着个婴孩，跟我们说话时，她不停发抖。

“这地方很可怕，”观察员轻声对我说，“每两年就得换一个驻守的人。沼泽地的热病太害人了…”

问题是，我们从哪儿找大夫来。最近的就是萨尔泰纳，但那儿距离此地也有20里。该怎么办？我们的水手再也做不了别的了，太远了，不能派他们去。这时，那个妻子，侧身朝门外喊：

“塞克！…塞克！…”

我们看到一个身体壮实的大个子进来，棕色的皮帽子，羊皮斗篷，一看就是偷猎者或者说劫匪。我在上岸时，看到他坐在门外，嘴里叼着红色的烟斗，腿上放着枪。我们一走近，他就逃了。我也不知道为什么，可能是他觉得我们带来宪兵了吧。他一进来，那妻子脸红了一下。

“他是我堂兄…”她对我们说，“他不会在路上走失的。”

她对他小声说了什么，还用手指着那病人。那人点点头，没说话，就出去了，打着口哨把狗叫出来，就出发了。他扛着枪，长腿在岩石间蹦来跳去。

这些事进行的时候，那些孩子们，因为视察员的到来显然被吓着了，很快吃完了面前的栗子饭和白色芝士。桌子上只有水，别无他物。如果有滴葡萄酒给小家伙们喝，那该多好啊！凄惨的生活！母亲带他们上楼睡觉去了，父亲点着灯去巡视海岸线，我们聚在火边看着病人，他在破床上翻来覆去，好像还颠簸在遥远的海上。为了减轻他的痛苦，我们加热了一些砖头石块，放在他身边。有一两次，当我走到他床边时，可怜的人认出了我，想谢谢我，费力地把手伸出来，巨大的手掌，粗糙滚烫，就像是刚从火中取出的石块儿一样…

我们照看着病人，夜晚在悲哀中度过。外面，夜幕降临后，坏天气也跟来了，海和岩石斗成一团，轰隆声，咆哮声，纷乱一片，泡沫四溅。有时，海上吹来的风会潜进海湾，吹进房间。我们能感知到，是因为火苗突然跃起，照亮了火边水手们悲伤的脸庞。他们盯着火焰，毫无表情，他们已经习惯了漂泊无依和身在天涯。也有时，帕隆博发出轻轻地呻吟声，所有的人都转向那黑暗的角落，他们可怜的朋友将会死去，在远离他爱人的地方，孤立无援地死去。他们胸部起伏，重重叹气。这些大海的温柔工匠们，他们为自己悲惨的命运哀叹，可这就是全部了，他们没想过造反，没想过罢工。只是一叹，再无其他！…但，也可能，我错了。其中一个人，往火里扔柴时经过我的身旁，轻声地、心碎地对我说：

“先生，您看…有时，我们的工作也有不如意的时候…”

第十一章

库库葛南[1]的牧师

每年，在圣烛节，普罗旺斯的诗人都会在阿维尼翁出版一本有趣的小书，里面都是好看的故事和美丽的诗篇。今年的书刚到，我发现里面有一首用诗歌形式写成的很动人的故事，我翻译给你听，还缩短了一点儿。这一次，巴黎人，拿好篮子，我给你普罗旺斯最好的面粉。

马汀神父是库库葛南的牧师，心胸宽广，心性简单，是个好人，对库库葛南的子民关爱有加，就如同父爱子一样。在他眼里，只要人们再让他满意一点儿，他的库库葛南教区几乎就是人间天堂了。但是，咳，忏悔室里已经布满蜘蛛网，而复活节时，圣坛上的圣餐也无人领取。善心的牧师内心很痛苦，他无止无休地祈祷，祈求在他死之前，可以将迷途的羔羊带回正途。

上帝还是听到了他的祈祷。下面，我就给你讲讲。

礼拜日，传播福音后，马汀神父走下圣坛。

“我的姊妹兄弟们，”他说，“下面我讲的事情，无论相信与否，都由

① 虚构的地名，可能是作者根据法国沃克吕兹省的库库荣取的名字。

你们决定。那天晚上，我发现自己，一个可怜的罪人，站在天堂的门口。

“我敲门，圣彼得为我开门。

“‘好，好！是你，善良的马汀先生？他对我说，‘您怎么来了？我能为您做什么吗？’

“‘伟大的圣彼得，您执掌大门的钥匙和圣书，您可否告诉我，如果我的要求不算太过分的话，库库葛南有多少人在天堂？’

“‘马汀先生，任何事情，我都不能拒绝您！您请坐，我们一起来查看一下您的问题。’

“圣彼得拿出圣书，戴上眼镜，打开书。

“‘我们来看看，您说的是库库葛南，库…库…库库葛南，这一页空空荡荡。一个没有！不比火鸡身体里的鱼骨多一根！’

“‘什么？没有库库葛南人？没人？不可能！您再看看。’

“‘没人，尊敬的神父，您自己看看，如果您认为我在开玩笑。’

“然后，我，咳，又跺脚又合掌祈求，请他对我们仁慈点儿。但是，圣彼得说：

“‘相信我，马汀先生，你自己别这么沮丧，要不你会中风的。毕竟不是你的错。很明显，从库库葛南来的您的信徒们应该会在炼狱里被隔离一段时间。’

“‘哦，伟大的圣彼得，看在仁慈的主的面上，请让我去看望他们，安慰他们吧！’

“‘当然好，我的朋友…等等，请穿上这双鞋，那儿的路不好走，这样就好多了。现在，沿着您面前这条路走，然后，在那儿，最远处，看到有个弯儿吗？在那儿，您会看到一个满是黑色十字架的银色的门，在您右边，敲敲门，就有人开门了。再见，保重！鼓足勇气前行吧！’

“我沿着这条路走，我一直走，我走进了怎样的圈套呀！即使现在想起，我也浑身发抖。狭窄的小路，布满荆棘，有红宝石在其中闪烁，也有毒蛇在其中吐着芯子。我终于到了银色的门口。

“‘当当，当当!’

“‘谁在敲门?’

“‘库库葛南的牧师。’

“‘库…?’

“‘库库葛南。’”

“‘哦！进来。’

“我进去，看到一个美丽高大的天使，他的翅膀如夜一样黑，长袍如白昼一样明亮，腰间系着镶嵌着钻石的钥匙链子。他拿着本书，那本书比圣彼得的还要厚，正在做记录，发出沙沙、沙沙声。

“‘那么，你来此有何贵干?’

“‘尊贵的上帝的天使，我想知道——您可能觉得我太好奇了——您这儿有来自库库葛南的人吗?’

“‘来自……’

“‘来自库库葛南的人，库库葛南，您瞧，我是他们的牧师。’

“‘哦，你是马汀神父，对吧?’

“‘愿意为您效劳，尊敬的天使。’

“‘你说是库库葛南……’

“天使打开书，翻开寻找，还把手指弄湿了以便翻快一点儿。

“‘库库葛南，’他说，深深叹了口气，‘马汀先生，炼狱里没有来自库库葛南的任何一个人。’

“‘哦，耶稣，圣母和圣约瑟！炼狱里也没有库库葛南人？哦，我的主

呀，他们到底在哪儿?’

“‘怎么了，上帝的使者，他们在天堂！你还想让他们在哪儿?’

“‘可我刚从那儿回来，从天堂…’

“‘你刚从那儿来！怎么样?’

“‘他们不在那儿！哦，圣母呀，天使呀！…’

“‘那你要正视这个问题，马汀先生！如果他们既不在天堂，也不在炼狱，只能在一个地方了。他们在…’

“‘哦，圣十字架！哦，耶稣，大卫的孩子！哦，不是，不是，不是…不可能！大概圣彼得没说实情！可能，他说谎了！不，我没听到公鸡鸣叫！哦，我们多么可悲！如果我的信徒不在天堂，我怎么可以去天堂?’

“‘我可怜的马汀先生，既然你想亲见最糟糕的事实，无论代价怎样，你都要走那条路。我建议您一直沿那条路走，左边，有一个大门，在那儿，你会了解一切真相。愿上帝与您同行。’

“天使关上了炼狱的大门。

“这是一条羊肠小路，路两边是燃烧的滚烫的灰烬。我蹒跚而行，如醉汉一般，一步一跌倒，汗如雨下，浑身湿透。我不停地大口喘息，喉咙干渴…但是，我的脚因为穿着圣彼得赠送的鞋子，并没有被烤焦。

“我跌跌撞撞走了很久，终于看到左边有一扇门…不，一个巨大的门户，半开着，就像是大熔炉的入口。哦，我的兄弟姐妹们，多么可怕的景象呀！在那儿，没人问我的名字，没有登记记录，没有！我的兄弟姐妹们，那门大开，人们成批自由出入，就像礼拜日你们出入酒馆一样。

“我汗流浃背，却浑身发冷，头发都竖起来了。我闻到烧焦的肉味儿，这个味儿库库葛南的人都熟悉。就是老埃洛——那个铁匠，在给老骡子钉掌之前，烧它的蹄子的味儿一样。这儿臭气熏天，火焰蔓延，我觉得自己儿乎喘不过气来。我听到恐怖的嘶叫，伴随着呻吟、吼叫和诅咒。

“‘你是进来，还是出去?’说话的是一个长角的恶魔，还用他的叉子捅捅我。

“‘我？我不进去，我是上帝的朋友。’

“‘你是上帝的朋友？那你在这儿干什么，你个下流的笨…’

“‘我来…我来…请等我一下…’我几乎站不住了…‘我来…我走了很长路…来问你…谦卑地…如果…如果，有可能，…这儿有人…有人来自库库葛南吗…’

“‘神呀！你不是跟我开玩笑吧！就好像你真不知道所有库库葛南人都在这儿一样！看那儿，你个臭乌鸦，你看看我们怎么对待从库库葛南来的你的宝贝羔羊们！…’

“我看到，在可怕的旋转的火焰中：大个儿考克·噶林——你们都认识他，我的兄弟姐妹们——那个考克·噶林，总是醉醺醺的，还总是打他老婆克莱尔。

“我看到卡塔瑞奈特，那个小妓女…总是鼻子朝天…总是一个人睡在窝棚里…你们都记得吧，我的好信徒们！…我不说她了，说得够多了。

“我看到巴斯卡儿·度瓦特·德·普瓦，他总是偷朱利安先生家的橄榄榨自己家的油。

“我看到巴比特，那个捡麦穗的人，她总从别人家的麦捆儿里抽出一把放进自己的篮子里。

“我看到葛若帕西律师，那么会算计钱财的律师。

“还有都佚，从他水井里打水，他要那么多钱。

“还有提瑞拉德，那天我背着圣餐去送给需要的人，碰到他，他戴着帽子，叼着烟管，昂头从我身边走过，目空一切，就像我是他路遇的一条狗。

“还有库兰和他的再特，还有亚格斯，皮埃尔，托尼…”

听众面色苍白，浑身颤抖，他们在地狱大开的门里看到自己的父亲，或者母亲，或者祖母，甚至姐妹…

“你们都知道，我的兄弟姐妹们，”善良的马汀神父接着说，“你们都知道不能再这样下去了。我负责照管你们的灵魂，而我必须，我必须把你们从即将一头栽进去的深渊中解救出来。明天，我要开始工作，明天是最后的期限。工作很多，我会这么做，为了做好，一切要按顺序来。我们会一组一组来，就像大家去钟卡尔斯跳舞一样。”

“明天，周一，我会接受老人的忏悔，时间不会太长。

“周二，婴孩们，应该很快就结束。

“周三，青年男女，大概要很长时间。

“周四，男人们，我们尽量快一点儿。

“周五，女人们，我现在就说：请长话短说。

“周六，磨坊主，他自己至少得需要一整天时间。

“如果礼拜日可以结束，就万事大吉了。

“你们看，孩子们，谷物成熟，必须收割，美酒在旁，一定要饮。如果丑恶充斥，必须被倾吐洗刷，必须被洗刷干净。

“愿主赐福给我们。阿门!”

说到的，也做到了。丑恶被倾吐洗刷干净。

从这个值得纪念的礼拜日之后，库库葛南美德的甜美芬芳，香飘十里。

那善良的马汀神父，心满意足，一夜梦到，在信徒们的追随下，在烛光香氛的环绕下，在唱诗班孩子《赞美颂》的乐声中，他登上了通向众神之城的知识与光明之路。

这就是库库葛南牧师的故事，是颇具文采的欧美恩[1]那家伙要我讲给你听的。这个故事，他是从另一个好朋友那儿听来的。

① 约瑟夫·欧美恩（1818—1891），普罗旺斯诗人，短篇小说家，费利布里热运动的创始人。

第十二章

老两口儿

“有信，艾赞?”

“是的，先生… 巴黎的来信，先生。”

有信从巴黎来，老艾赞总是很高兴，我却高兴不起来。总觉得今天早上这封信不期而至，会剥夺我一天的时光。我想的没错，你看：

我亲爱的朋友，你一定得帮我个忙。你今天把磨坊锁好后，就去艾格威尔——一个大村落，离你住的那儿十英里左右——走过去，不太远。你到那儿以后，去找孤儿院，孤儿院后面有所小房子，灰色的太阳挡板，后面还有一个小花园。你走进这个房子，不用敲门——门总开着——但是你得大声说：“早上好，好人们！我是莫瑞斯的朋友…”然后，你就会见到老两口儿，他们真的非常老了，我的朋友。他们会从大大的轮椅上对你张开双臂，你呢，得代我全心全意地拥抱他们，就像他们是你的亲人一样。然后，你跟他们说说话。他们会说起我，就是我，别无他事。他们会说起几千件的小蠢事，你得听着，不许笑——你不会笑，是吧？他们是我的祖父母，对他们来说，我是他们的全部世界，可他们十年没看见我了…都十年了，太长了！但我能怎么办？巴黎占据了我所有的时间，使我不能去看他们，而他们也太老了，不能来看我…他们太老了，可能会在看我的路上病倒。真幸运，你在那儿，我亲爱的磨坊工，他们拥抱你就好似拥抱了我一样…我一直写信告诉他们我们的友谊有多深，深到…

见鬼的友谊！我在这美丽的清晨，收到这封倒霉的信！要知道，在普罗旺斯，明媚的天气是不适合外出的——风太烈，日头太毒。我本来已经在两块石头间找好了一个避风港，梦想着在那儿待一整天，就像一只蜥蜴，餐风饮露，聆听松涛。咳，你还能怎么办？我嘟囔着，锁上磨坊，把钥匙放进给猫休息的洞里，拿上拐杖和烟斗，上路了。

我大概下午两点到的艾格威尔。人们都到地里干活去了，整个村子都空了，只有蝉在榆树上聒噪，一头驴子在市政厅前晒太阳，教堂外的喷泉池上栖息着几只鸽子，可是没有人来指给我去孤儿院的路。突然好运降临，一个老巫婆出现在自家门槛上，坐着纺纱。我告诉她我要找孤儿院，因为她是很有魔力的老巫婆，她就只是举了举她的扫把，孤儿院就出现在我面前，就像魔法一样。孤儿院高大黑暗，庄严肃穆，拱门顶上是一个红色砂岩的十字架，周围镌刻着拉丁文。在它旁边，我看到一间小房子——灰色的挡板，后面有小花园…就是这间房子，我没有敲门，径直走进去。

我一定会永远记得那长长的、寂静的、阴冷的走廊，粉红色的墙，远远的尽头，阳光在帘子后面闪耀，墙上的镶嵌板上画着花朵和小提琴，都已褪色，让我感觉好像进入了瑟丹戏剧中的一个老执法官的家。在走廊的尽头，左边有一扇半开的门，传出巨大钟表的嘀嗒声，还有一个孩子的读书声，就像在学校一样，一字一顿：圣…爱…任…纽…大…叫…我…是…上…帝…的…燕…麦…需…要…被…这…些…野…兽…的…牙…齿…咀…嚼…我轻轻走进去，向里面看…

寂静昏暗的小房间里，一个老人，面目慈祥，脸色红润，满脸皱纹，正蜷缩在大大的轮椅里，熟睡着，嘴巴张开，满是褶皱的手放在膝盖上。在他脚下，一个小女孩，穿着孤儿院的校服——小帽子，长长的蓝色斗篷——正在读《圣爱任纽的生平》这本书，书看上去比这小女孩个头还大。

这神奇的故事对这所房子使了魔力，里面的一切都睡了：轮椅里的老人，天花板上的苍蝇，窗棂上悬挂的笼子里的金丝雀，连带闹钟也打着呼噜，滴答，滴答。一切都入眠了，只有那从窗户挡板缝隙间溜进来的一缕阳光，笔直洁白，充满活力，在摇曳起舞。在这一片蛰伏中，那孩子接着读下去：两…头…狮…子…径…直…向…他…扑…过…来…吃…了…他…就在此时，我走了进来，结果太戏剧化了——即使爱任纽的两头狮子突然跳出来，也不会引起更大的波澜：小女孩尖声叫起来，厚重的书跌落在地上，金丝雀和苍蝇都惊醒了，钟表重重地敲响，老人从睡梦中惊醒，跳起来，因害怕而发抖，而我，内心不安，急忙在门槛上停止脚步，大声地、很大声地说出来：

“你们好，好人们！我是莫瑞斯的朋友。”

哦，如果当时你能看到那老人！他就那样向我跑来，张开双臂，拥抱我，握我的手，然后不知所措地在屋子里跑来跑去，还不停地说：

“噢，天见怜！天见怜！”

他的脸通红，上面的每条皱纹都带着笑意。他不停地说：

“哦，先生！…哦，先生！…”

随后，他跑到房子的那边，叫着：

“玛蜜特！”

走廊里响起了门开的声音，然后是像小老鼠走过似的窸窣声。是玛蜜特—— 一个可爱的老妇人，戴着缎带帽子，穿着卡摩立特平纹薄呢大衣，手里还拿着绣花的手绢儿，庄重地迎接我，就像古时候的礼俗一样。这老两口儿长得如此相像，让我感慨万千。只要那老人戴上帽子，就是第二个玛蜜特了！但这个亲爱的玛蜜特显然一生中眼泪流得更多，因为她眼角有更多的皱纹。她身边也有一个孤儿院的小女孩照料，跟她一样，那个戴蓝帽子的小守护神对她寸步不离。看到他们被这些孤儿院的孩子照料，比任何我所设想过的事情都更让我感动。玛蜜特一进来，就稍弯身，向我表示欢迎，可一下子被老人的话打断了：

"这是莫瑞斯的朋友…"

她浑身颤抖，开始啜泣，手绢儿丢了，脸颊绯红。这些老人，他们血管里的那点儿血液，有一点儿激动，就会冲上脸颊…

"快，快，椅子…"那老妇人对她的小姑娘嚷嚷着。

"打开挡板…"老人也对他的小姑娘说。

然后，他们每人牵着我的一只手，小跑着把我拽到敞开的窗前，为了能好好看看我。轮椅推过来，我坐在他们之间的一个凳子上，两个小姑娘在我身后，他们就开始询问我了。

"他怎么样？在干什么？他为什么不回家？他快乐吗？"

等等，等等，诸如此类，问了几个小时。

我尽力回答他们的问题，告诉他们我所知道的关于朋友的细节，不以为耻地胡扯一些我不知道的，还小心地不让他们发现，其实我并不知道朋友家的窗户是不是关好了，墙纸是什么颜色。

"他的墙纸！…是蓝色的，夫人，淡蓝色，花环图案。"

"真的？"那老妇人激动地叫起来，还转过身，对老伴儿说："多好的孩子呀！"

"就是！非常好的年轻人！"老人满怀激动地回答。

我在说的时候，他们不停地朝彼此点头，互相微笑，还心领神会地对彼此眨着眼睛。但，有时，老人会朝我弯下腰说：

"大点儿声！…她听力不太好！"

然后，她也一样：

"请您大声一点儿！…他的听力不太好。"

我就会再大点儿声，他们两个就都会对我微笑，表示感谢。他们还会向我侧过身，好像要从我的眼睛里看到莫瑞斯的样子。在此刻，我被深深打动了，就在他们疲惫的笑容中，我好似看到了朋友的影子，模糊不清，难以触摸，好像他在迷雾中对我微笑。

突然，老人在椅子里坐直了身子。

"玛蜜特，我刚想到…他可能还没吃午饭呢！"

玛蜜特也惊慌地举起双手。

"没吃午饭！天哪，原谅我！"

我以为他们还在说莫瑞斯，就想告诉他们那小伙子总是记得正午吃饭。但不是，他们说的是我。你应该看看，他们费了多大事，当我说我确实没吃的时候。

"快点儿，小蓝儿们，摆好桌子，放到屋子中间，铺上礼拜日的桌布，用雕花的盘子。快点儿，请别笑成这样！"

她们很快！在这么短的时间内，仅仅摔了三个盘子，午餐就准备好了。

"是简单的丰盛午餐！"玛蜜特带我到餐桌前时说，"可你得自己吃了。今天早上我们吃过了。"

这些老人，无论你何时拜访，他们总是早晨吃过饭了！

玛蜜特的简单而丰盛的午餐包括两桶牛奶，一些枣子，一个点心——

就是一个甜味儿面包，这些足可以让她和她的金丝雀吃上一个星期了，而我，全吃完了！餐桌一定被气愤包围了：那些蓝色的小孩儿一定捅捅彼此交头接耳了；笼子里的金丝雀一定在说："噢，看，那个绅士把甜面包都吃完了！"

我都吃完了，自己都没有意识到。我完全沉浸在这个屋子里，窗明几净，平静安详，充满过往的气息…特别是，那两张小床，我无法把视线从上面移开。我不停地想象这样的画面：这两张小床，像摇篮，每日拂晓时分，双方都躲在长长的花边幕帐里。三点钟闹钟响，正是老人们醒来的时刻。

"你睡着了吗，玛蜜特？"

"没有，亲爱的。"

"莫瑞斯是个好孩子，是吧？"

"他真的是！非常好的年轻人！"

只是看着老两口儿那紧挨着的两张床，我脑子里就都是这样的对话。同时，在房子的另一边，可怕的一幕正在上演，引起问题的就是，怎么样够到那个在高高架子上的罐儿，里面用白兰地泡着浆果，都十年了，一直等着莫瑞斯回来享用，现在他们想给我吃。不管玛蜜特怎么恳求，老人还是坚持自己把罐子拿下来。他站在椅子上，伸手去够那个罐子，妻子吓坏了…你想想那个画面吧：老人摇摇晃晃地用力伸手去够，蓝衣服的小姑娘们抓紧了椅子，玛蜜特在他身后屏住呼吸，手臂张开。橱柜门被打开，里面有一堆原色的麻布，飘出淡淡的柠檬香气，环绕住他们每个人。

最后，千辛万苦之后，那个了不起的罐子终于被拿下来了，一起拿下来的还有一个有点儿破旧的银色杯子，是莫瑞斯小时候用过的。他们把那杯子装满了浆果，都快溢出来了，莫瑞斯太喜欢吃浆果了！老人给我端过来时，还做梦一样地小声在我耳边说：

“你真幸运，你知道的！能吃到这个！我妻子做的！你看，他们多好啊！”

哎呀！他妻子确实制作了，却忘了加糖。但老人都很健忘，我们都知道！我可怜的玛蜜特，您的浆果真是恐怖呀…但是，这并不妨碍我就把它们都吃完，吃的时候眼都不眨一下。

饭吃完了，我站起身来，跟主人们说再见。他们很想让我多待一会儿，再谈谈他们的宝贝儿，但天要黑了，磨坊又很远，我必须得走了。

老人跟我一起站起来。

“给我大衣，玛蜜特！…我要送他到广场那儿。”

我确信玛蜜特认为天太冷了，他不应该走到广场那么远，但她眼也没眨一下，就同意了。只是，在帮他抬胳膊穿大衣时，那大衣是黄褐色的，扣子是珍珠贝，我听到她轻声说：

“你不会回来太晚，对吧？”

他呢，故意淘气地说：

“哦，喔！那可不一定！…说不定！…”

一听这话，他们看着彼此，大笑起来，那蓝衣服的小姑娘看着他们笑，也笑了，连那金丝雀也在自己的角落自顾自地笑了。就咱俩说，我觉得那浆果的味道都冲进他们的脑子里了。

祖父和我一起出去，夜幕降临了。他的蓝衣小姑娘远远地跟在后面，好带他回去，但很明显，他没注意到她。他挽着我的胳膊，像个大男人，这让他很骄傲。玛蜜特，满脸笑意，在门槛那儿看着他。她一直用目光追随着我们，不断高兴地点头，好像在说：“你看，那儿！他还能走，可怜的人，我的男人！”

第十三章

冬日颂歌

今天早上，我打开门，发现白霜铺成的地毯包围了磨坊。草似玻璃，光芒闪烁，咔咔作响，山冻得发抖。今天，我心爱的普罗旺斯装扮成了冰封的世界。在这雾凇中，在这薰衣草幻化的水晶喷雾中，我写下了这两篇稍带日耳曼传奇色彩的民谣。我身边，霜在泼溅闪烁，形成白色的亮片，悬挂在空中。高远、清澈的天空中，巨大鹳鸟们排出三角形的队列，从诗人海涅的故乡飞往卡玛格，它们在鸣叫："冷，好冷…"

皇太子之死

小皇太子都芬病了，要死了！王国里的所有教堂，圣餐日夜在准备着，巨型的蜡烛在燃烧着，为皇室孩子康复祈福。王宫周围的街道死气沉沉，没有铃声响起，马车步履谨慎，慢似行人。在皇宫的入口，好奇的市民向栏杆里张望，院子里，金甲护胸的瑞士近卫队在郑重地交谈什么。整个皇宫陷入一片混乱：大臣和管家们在大理石的台阶上跑上跑下；穿着丝质服饰的廷臣和侍从们挤满了走廊，他们聚在一起，小声打听着最新的消息；宽阔的台阶上，垂泪的宫女们彼此行着礼，不时拿漂亮的绣花手绢儿擦着眼睛。

在橘厅，长袍的御医们在召开秘密会议，透过窗户，可以看到他们挥动着长长的黑色衣袖，不时充满智慧地点点戴着假发的头。外边，小皇太子的老师和他的御马官正走来走去等着御医们的最后决议。厨房的人从他们身边走过，也顾不上行礼。御马官先生正在诅咒，就像个骑兵，而教师先生正在吟诵贺拉斯的诗句。就在此时，在马厩的方向，传出悲哀的马鸣声，是小皇太子的栗褐色的马，因为马夫忘了喂食，而在空空的马槽边发出哀鸣。

国王呢？国王陛下在哪儿？国王陛下把自己关在王宫尽头的一个房间里，独自饮泣…国王不喜欢让他人看到自己流泪！王后则完全不同，她就坐在小皇太子的床边，美丽的脸庞上都是泪水，放声大哭，不管身边是谁，这样子跟任何布商的老婆没什么分别。

小皇太子躺在丝幔装饰的床上，一动不动，脸色苍白，甚至比枕头下的床单更苍白。虽然躺得笔直，眼睛紧闭，他却没有睡。他转过头，看到母亲在哭，就问：

“母亲，您为什么哭泣？是因为您觉得我会死吗？”

王后想回答，但抽噎着说不出话来。

“母亲，请不要哭。您忘了，我是皇太子，皇太子是不会这样死去的…”

王后哭得更厉害了，小皇太子开始害怕了。

“你们所有人，都听着！”他说，“我不希望死神就这样带走我，我知道怎么阻止他进这儿来…宣召四十名最强壮的士兵来我床前守卫！…召集一百门大炮在我窗下日夜警戒，并点燃火绳杆，随时准备！如果死神胆敢降临，他的命运会比我更惨!”

为了让孩子开心，王后挥手，让大家遵从。没有一会儿，就听到大炮轰隆隆开进庭院，四十名高大的士兵，持戟在手，鱼贯而入，排列在房间四周。他们都是年老的灰白胡子的退役士兵。皇太子看到他们，拍手称好，他认出了其中一个，叫他：

“罗翰！罗翰!”

那个年长的士兵上前一步。

“我很喜欢你，罗翰…让我看看你的剑…如果死神来抓我，得把他杀了，是吗?”

罗翰回答：

“是的，殿下。”

两颗大大的泪滴滑过他饱经风霜的脸。此时，教士走近皇太子，对他耳语了很长时间，还给他看耶稣受难像。小皇太子吃惊不已，突然打断他：

“是的，我明白您的意思，先生，但是，真的，不可以给我的朋友百掊很多钱，让他代替我死吗？…”

教士继续对他耳语，小皇太子看上去更吃惊了。

教士说完后，小皇太子深深叹了口气，回答说：

“先生，您刚才告诉我的事情太让人哀伤了。但还有一件事让我安慰，就是在天堂，在高高的繁星间，我将仍然是皇太子。我知道上帝是我的兄长，他一定会按照我的身份迎接我的。”

然后，转向母亲，他又说：

“把我最好的衣服拿来，我的白貂大衣和天鹅绒鞋子！我要以最好的面貌出现在天使面前，以适合皇太子身份的装束进入天堂。”

第三次，教士弯下腰，对着小皇太子耳语了很长时间…最终，这位皇室后裔打断他，生气地喊着：

“那，作为皇太子就没有任何意义了!”

小皇太子拒绝再听，脸对着墙壁，痛哭失声。

副县长的困惑

副县长正在巡视的路上，车夫在前，侍从在后，副县长座驾正威严地送他到攻博菲的地区农业展览会那儿去。为了此次意义重大的出行，副县长大人穿上了最好的绣花大衣，戴上了微微上翘的帽子，还有紧身银穗长裤以及一把手柄镶有珍珠母贝的剑。他的膝盖上，放着一个有浮雕的皮质文件夹，他正盯着看，目光烦躁。

他盯着文件夹的目光烦躁，因为他就要给攻博菲的居民发表一个重要演讲，此刻，他正在构思。

“先生们—我有幸管辖…”

但是，无论他怎样翻卷自己的络腮胡子，怎样重复了一遍又一遍：

“先生们…我有幸…管辖…”他就是讲不下去。

他讲不下去…马车里太热了！举目远望，到攻博菲的路在米蒂阳光的照耀下尘土飞扬，伸向远方…空气就像个火炉…路两边的榆树上蒙着灰尘，树枝上千只的蝉在鸣叫。突然，副县长大人吓了一跳，远处，小山脚下，他看到一小片常青橡树林，好像在对他招手。

那小小的一片常青橡树林好像在说：

“到这儿来准备你的演讲吧，副县长大人。在我的树下，你会很舒适…”

副县长抵御不了诱惑，他跳下马车，告诉仆人等他，他要到那一小片常青的橡树林里构思演讲。

在这小小的常青橡树林里，有鸟儿，有紫罗兰，还有潺潺流过草丛的小溪。它们看到副县长大人走来，穿着漂亮的齐膝短裤，拿着浮雕皮质文件夹，鸟儿吓坏了，不唱了；小溪不再潺潺作响，只是悄声淌过；紫罗兰也把自己藏在了草丛间。它们这个小世界，从未见过副县长，它们低语着互相询问这个穿着银色短裤走过来的绅士是谁。副县长很高兴地发现树林里安静清幽，他卷起燕尾服，把三角帽放在草地上，坐在一棵小橡树脚下的青苔上。然后，他把浮雕皮质文件夹放在膝盖上，拿出一大张官方用纸。

“他是个艺术家。”莺说。

“不，”雀说，“他不是个艺术家，因为他穿着银色裤子，更像是个王子。”

“他更像王子。”雀说。

“既不是艺术家也不是王子，”一个上了年纪的夜莺说，它曾在副县长的花园里唱过歌。“我知道他是谁，他是副县长！”

整个林子都开始窃窃私语了：

“他是副县长，他是副县长！”

“他秃头！”一只云雀观察道，它自己头上长着大冠子。

紫罗兰问：

“他危险吗？”

老夜莺回答：

“一点儿也不！”

听到这个保证，鸟儿又开始歌唱，小溪又潺潺流动，甜美的紫罗兰开始向空气中释放香气，就像那个绅士不存在一样。

副县长丝毫未被这欢乐的喧嚣所打扰，他正狂热地祈求守护农业展的智慧女神缪斯给他灵感。提起笔，他开始波澜壮阔地写道：

“先生们—我有幸管辖…”

“先生们—我有幸管辖…”副县长隆重地慷慨陈词。

一阵笑声打断了他。他转过身，什么也没看到，只有一只体型很大的啄木鸟落在他的三角帽上，看着他笑。副县长耸耸肩，正想接着构思演讲，那啄木鸟又一次打断他，但这次是在远方朝他喊：

“这有什么用?”

“你什么意思？这有什么用?”副县长说，脸都气红了，伸胳膊赶跑了那个无礼的家伙，他又开始了，这一次更激昂。

“先生们—我有幸管辖…”

“先生们—我有幸管辖…”。

但是，小小的紫罗兰们都朝他扭过头，柔柔地问：

“副县长大人，你能闻到我们的香气吗?”

青苔下的小溪奏起了仙乐；头顶枝叶间成群的莺，婉转啼鸣，送出最优美的乐曲；整个森林合谋起来，阻止他的演讲创作。

副县长大人几乎在香气和音乐中沉醉，努力想摆脱加在他身上的符咒。他解开大衣纽扣，手肘支在草地上，又嘟囔了两三遍：

“先生们…我有幸…管辖…”

然后，他就把那他有幸管辖的先生们抛诸脑后了，让看管农业展的缪斯女神掩面羞愧吧。遮起脸来吧，哦，守护农业展的缪斯女神！你看，一小时后，副县长的仆人，因担心主人，走进了森林，他们为看到的情景惊恐万分：副县长大人四肢摊开，趴在草地上，马甲凌乱，大衣扔在一旁，就像一个流浪汉！而且，嘴里不断地嘟囔着“紫罗兰”！原来，副县长在作诗！

第十四章

比克西奥[1]的钱包

十月的一个早上，就是离开巴黎的前几天，我吃早餐时，一个人走进我的房间，他弯腰驼背，衣衫褴褛，肮脏不堪，两条长腿支撑的身体瑟瑟发抖，就像是拔了毛的鹮鸟，是比克西奥，对，我巴黎的朋友们，你们的比克西奥！他曾经狂野迷人，开着惊世骇俗的玩笑，整整十五年，你们一直以他那些下流的小册子和漫画为乐。这可怜的家伙现在的样子真让人心碎！如果不是他进门时扮的那个扭曲的鬼脸，我永远也认不出他了。

头都要垂到肩上了，拐杖就像黑管一样直接伸到了嘴里，这个著名的忧郁小丑走到房子中间，然后身体一侧，靠上桌子，哀愁地说：

“可怜可怜我这个瞎子吧！”

他学得太像了，我忍不住大笑起来。但是，他用毫无感情的语气又说：

“你觉得我在开玩笑…看看我的眼睛。”

他转向我，两个大大的白眼球，什么也看不到。

① 一个虚构的名字，可能作者都德的脑子里有这样一个漫画家形象。

“我瞎了，我亲爱的伙伴，以后一辈子都瞎了。这就是用硫酸写字的后果，这可悲的工作烧毁了我的视力——瞧，烧没了…一直烧到眼眶。”他加了一句，给我看他烧焦的眼睑，上面一根眼睫毛也没有。

我呆住了，不知该说什么。我的沉默让他不安。

“你在工作吗?”

“没有，比克西奥，我在吃早餐，跟我一起吃好吗?”

他什么都没说，但他鼻翼扇动，看得出来他真的很想吃。我牵着他的手，引领他坐在我身边。

食物端上来时，可怜的家伙嗅着食物，还笑了一声：

“闻起来真香，我要好好吃一顿。很长时间没有吃早餐了！就是早上去什么部门的路上吃个面包卷儿。我现在在各个部门间转悠，几乎都成职业了，我想弄一个烟草执照。是呀，你了解，家里没食物就不是家了。我画不了了，也写不了了。可以口述？口述什么？我脑子里什么都没有。没有想象。我唯一做得好的就是观察旁人，看他们脸上的表情，然后画出来。现在这种情况是不可能再画了，所以我想开个烟草店，当然不可能在繁华的街道上，我又不是什么芭蕾舞者的母亲或者某个高官的情妇，不能奢望这样的好处。没有，只是希望有一个小的店铺，在某个乡下，某个偏僻的地方，比如孚日山脉的某个地方。我会储备一个顶级的瓷烟斗，是的，我还会给自己起个名字，叫汉斯或者苏巴克，就像艾克曼—夏特良①笔下的人物一样，我还会用过去同僚们写的东西来做烟草袋，以弥补自己不能再写的遗憾。

“我要求的就这么多，不过分，是吧？可是，太难实现了！但总得有

① 法国地区派小说家 E. 艾克曼（1822—1899）和 C. A. 夏特良（1826—1890）合用的笔名。

人能帮上忙吧。我过去常跟将军、王子、部长们吃饭，他们邀请我是因为我能逗乐他们或者因为怕我。现在，没人怕我了。我的眼睛！我可怜的眼睛！现在，没人请我了。饭桌上有个瞎子，多堵心呀！你知道。这群猪！他们想要我为这个可怜的烟草店付大价钱。六个月了，我一直一个部门挨一个部门地表达我的诉求。每个早上，他们刚要点燃火炉，在院子里沙地上遛部长大人的马的时候，我就到了。我一直等到晚上，他们把大灯拿进来，厨房饭菜飘香时才离开…”

“我的生命就在接待室的长凳上消磨过去了，那些接待员一眼就能认出我。事实如此！在内政部，他们叫我‘那个老好人’。我跟他们逗乐，好让他们给我在书记簿登记名字，或者在他们的吸墨纸的背面一笔画个大胡子，他们总是哈哈大笑。是的，二十年的巨大成功就换来了这个结果——这就是艺术生涯的结果！据说有四万闲人，对这个职业垂涎三尺！据说，从乡下来的火车每天都运来这样的傻子们，渴望什么文学生命和文学盛名。哦，罗曼蒂克的乡村，希望比克西奥的悲惨命运能教你点儿什么！”

然后，他埋头开吃，贪婪而急切，不再说一个字儿了！看着他吃饭，真让人伤心，他不是找不到面包，就是找不到叉子，再不就是摸索杯子！可怜的家伙，他还不习惯瞎子的生活。

一会儿，他又开始说了：

“你知道，我更惨的是什么吗？读不了报纸。咱们是同行才能了解。有时，我晚上回家，会买一份——就为了闻一闻刚刚出炉的报纸的气息。真好闻！没人读报给我听！我妻子是可以，但她不愿意。她总说报纸花边专栏里有些新闻是不值得称道的。这些老妇女，她们一结婚就真变成老古董了。自从我娶了比克西奥夫人，她就觉得自己的虔诚——走极端了都！

她真的要求我用撒列特河里的水洗眼睛[1]！然后，就是圣餐面包，为中国孩子的皈依进行的募捐，以及天知道的其他工作！这些好心的工作都堆到嗓子眼儿了！可给我读报也是好心的工作呀。可是，她不愿意！如果我女儿在家，她会给我读的。但我瞎了之后，就把她送到圣母艺术学校了，这样还少张嘴吃饭。

“这孩子也能让我寻点儿开心！还不到九岁，却几乎得过所有的病，很痛苦，还很丑！比我还丑，如果可以说的话，简直是野兽！我还能盼着什么呢？我唯一能做好的就是——画讽刺肖像！真不好意思，看我，跟你说这些家庭琐事麻烦你，又不关你事。来，再给我倒杯白兰地，我得振奋起来面对事情。我离开这儿，要去教育部，那儿的接待员不容易逗乐，他们都是老教师。”

我给他倒了杯白兰地，他开始慢慢啜饮，久久回味。突然，好像被什么臆想所鼓动，谁也不知道，他站起来，举起杯子，恶毒的瞎脑袋慢慢地从一个方向转向另一个方向，脸上带着一个绅士要做演讲时优雅的微笑，然后，就像是在宴会上面对二百个宾客慷慨陈词，他尖声说道：

“敬艺术！敬文学！敬出版业！”

然后，他就开始了十分钟的祝酒词，最疯狂、最美妙的现场发挥，可能是这个小丑一样的人最好的作品了。

想象一下，一篇新年戏剧评论，题目是：“今日巴黎文学”！我们所谓的文学界，我们的漫谈，我们的争吵，这奇异世界的怪事，那堆肮脏的粪便，毫无生气的地狱，在这里，人们扼住彼此的喉咙，挖出彼此的内脏，偷窃彼此的钱包，这个世界里，人们都争相出去抢夺，跟自私自利的资本

---

① 据说，玛利亚圣母曾出现在伊泽尔的撒列特村里的河水中，被两个孩子看到，因此河水被认为可以医治一切疾病。

家没有差别，但在这里，人们也最可能饥饿致死。我们可鄙而猥琐。运气这个老男爵，拿着个木碗，穿着拉皮条的大衣，到杜乐丽花园乞讨，“行行好，行行好，行行好”；那些离去的人，葬礼是为了堵住悠悠众口，本地长官在葬礼上发表的悼词也都千篇一律：“我们的朋友，被如此热爱和怀念！”那个可怜人，我们都不愿意为他的葬礼买单；还有那些自杀的，那些发疯的。想象一下，一个天才的江湖骗子能说的，能描述的，能比画的，你就能明了比克西奥临场发挥的才能了。

祝酒词说完，酒喝完，他问了我时间，就昂首走了出去，连再见也没说！我不知道教育部的接待员是否喜欢他今早的拜访，但我自己，自从那可怕的瞎子走了后，感到如此沮丧，平生从未有过，我怎么也过不去。桌子上的墨水池让我恶心，钢笔让我厌恶，我真想走掉，跑得远远的，去看看绿色植物，闻闻花香。怎么样的仇恨！怎么样的愤怒！让他如此污蔑一切，亵渎一切！哦，这可鄙的无赖！

我在屋里横冲直撞，觉得耳边一直是他说起自己女儿时那鄙夷的语气，厌恶的耻笑。

突然，在那瞎子的座位下面，我好像踩到了什么东西。弯下腰，我看到他的钱包，巨大带闪光，边角磨破了，他一直带着这钱包，还开玩笑说那是他的“毒液袋子”。在我们这个圈子，这钱包跟吉拉丁先生那臭名昭著的案子一样出名。大家都认为这里面肯定有不可告人的东西！我可不能错过这个好机会。那钱包，因为太满，掉下来时，张开了，里面的纸散落在地毯上。我没别的选择，只能一张一张捡起来…

一扎印花信纸，开头都是“我亲爱的爹爹”，签名都是“瑟琳·比克西奥，玛丽的孩子”。

孩子得病时开的药方：喉头炎，痉挛，猩红热，麻疹…（这可怜的孩子，一样也没落下！)。

最后，一个密封的信封，从里面伸出两三绺漂亮的卷发，就像是从小女孩帽檐下跑出来的一样。还有信封上瞎子写下的、大大的、凌乱的字：

瑟琳的头发，剪于5月13日，那天她被送去那个地方。

现在，你知道，比克西奥的钱包里都有什么了。

是呀，巴黎人，你们都一样，充满厌恶讥讽，爱像魔鬼一样大笑，还恶意捉弄他人，最后，得到什么：…

瑟琳的头发，剪于5月13日。

第十五章

一个有黄金脑壳的人

献给那位想听轻松故事的女士

女士，我读了您的来信，觉得有一丝懊悔。我责备自己，写的故事太过阴郁，这次我承诺要为您写一个愉快的故事，一个轻松愉快的故事。

为什么我总是感到悲哀呢？我的居所，远离巴黎30英里，在阳光普照的小山上，乡间是手鼓奏出的乐曲和葡萄酒。周围环绕的是阳光和音乐，麦穗奏起交响乐，山雀歌唱着应和。清晨，鹞在鸣叫；午后，蟋蟀和鸣；还有牧人在吹笛，还有漂亮的黑发女孩在葡萄藤间洒下清脆的笑声。

事实上，这个地方不会让人伤感。我应该写出玫瑰色的诗篇和成筐的爱情故事。

唉，却没有！我还是距离巴黎太近。每天，即使我在松树间，她的阴郁的不幸也会传递给我。我在写下这些文字的时候，我刚刚得到可怜的查尔斯·芭芭拉①的死讯，我的磨坊都沉浸在悲痛中。再见了，鹞与蟋蟀！我无心再听轻松欢快的乐曲。因此，夫人，虽然我想给您讲一个愉快的故

① 法国小说家，已湮没无名，卒于1866年9月19日，因此明确指出了作者写这个故事的日期。

事，可是您还是会听到一个忧伤的故事。

很久很久以前，有个人有个金脑壳，是的，夫人，纯金脑壳。当他出生时，医生认为他活不久，因为他的脑壳巨大，脑袋沉重。但他活了下来，就像是阳光下茁壮成长的橄榄树。他的大脑袋总给他带来麻烦，看着他走路也会撞到家具上，还不停摔跤，真可怜。一天，他滚下楼梯，前额撞到了大理石台阶上，脑壳撞地，发出铁块冲撞的声响。父母以为他肯定死了，可把他扶起来，发现只是轻轻擦伤，头发里有两三粒碎金屑，就这样，父母知道了这孩子有个金脑壳。

事情一直保密，可怜的孩子对此一无所知。有时，他会问父母为什么不让他出去跟别的孩子在门口疯跑了。

“你会被偷走的，我的宝贝！”他母亲会说。

因此，孩子很害怕会被偷走，他总是待在家里，一个人玩儿，什么也不说，一个屋子一个屋子转悠。

直到18岁，父母才告诉他，这是命运赐予他的巨大的礼物，并且说，既然他们给他吃，给他穿，照顾他到18岁了，他们相应地要一点儿他的金子作为回报。孩子毫不犹豫，从脑壳上拽下一块纯金（用什么，怎么拽下来的，这个故事没有交代。），大概有胡桃那么大，扔到了母亲的裙子里，觉得骄傲无比。他为自己脑子里的财富而兴奋，充满了疯狂的野心，沉醉在自己拥有的力量中。于是，他离开父母家，出去挥霍自己的财富。

从此，他开始了王室般挥霍无度的生活，他曾认为自己的财富取之不尽，用之不竭。但是，财富终有尽时，慢慢地，他的眼睛开始失去光彩，脸颊深陷。最终有一天，一晚的愚蠢狂欢后，这可怜的年轻人，众客散去，独自站在宴会后的一片狼藉中，在水晶灯暗淡的光线下，他突然发现自己大金锭子中间已经有了个巨大的空隙，他大吃一惊，是时候停止了！

以后，他开始了新的生活。这个金脑壳的人远走他乡，离群索居，靠工作养活自己，他变得如守财奴般谨小慎微，远离诱惑，希望永不再用上天赐予他的财富。不幸的是，他的一个朋友尾随他，找到了他的藏身之处，而这个朋友，知道他的秘密。

一天夜里，这可怜人被疼痛惊醒，脑子里，痛彻骨髓。他惊跳起来，在淡淡的月光下，看到那个朋友飞奔着离他而去，还在往斗篷下藏着什么东西…

又一部分他的脑子被夺走了。

这之后，过了一段时间，这金脑壳的年轻人恋爱了，这次，全完了。他全心全意地爱上一个女孩，那女孩有一头漂亮的头发。女孩也爱他，但她更爱飘逸的衣裙，白色的羽毛，以及鞋上装饰的美丽的铜流苏。

这个精美的小东西，像鸟儿一样轻灵，如洋娃娃般纯真，金子在她手里流了出去。她任性易变，他无法拒绝她的任何请求，甚至怕她不开心，都没告诉她财富的来源，这个可悲的秘密。

“我们非常富有，对吧？”她常常说。

那可怜的人就会说：

“嗯，是的…是的，非常富有！”

他会爱恋地看着这可爱的、正在吞食他脑子的精灵微笑，虽然这精灵对此一无所知。但是，有时候，他害怕得要死，就想节省一点儿，此刻他的妻子就会蹦蹦跳跳地过来说：

“我非常非常有钱的丈夫，给我买点儿非常昂贵的东西吧！”

他就会买给她非常昂贵的东西。

两年的日子就这样过去了，一天早上，他的妻子突然死了，没有任何明确的原因，就像一只鸟儿一样！财富基本已经耗尽了，用仅剩的，他为深爱的妻子安排了美丽的葬礼。教堂钟声齐鸣，葬仪马车上悬挂着黑色的天鹅绒，上面用银线绣着泪滴，由最好的马来驾驭——对她来说，怎么昂贵都不过分。现在，金子对他还有什么用呢？他把金子给教堂，给抬棺的人，给提供花环的妇人。他毫无节制地随处送出金子，所以，在葬礼结束后，那个奇妙的脑子基本不剩什么了，只有脑架上留着几粒金屑。

此后，人们看到他在街上失神地到处游逛，用手扶着墙找路，步履如醉汉般蹒跚。晚上，商店橱窗的灯亮了，他停在一个橱窗前，橱窗里，衣帽服饰在灯下闪烁着光芒。他盯着一双蓝色天鹅羽绒镶边的缎带靴子看了很长时间，微笑着，自言自语道："我知道，有个人看到这靴子，一定非常高兴。"他甚至都不记得妻子已经死了，他走进去，要买这双鞋。

店员还在商店的后面，忽然听到一声惨叫，她急忙跑进来，看到的情景把她吓得立刻缩了回来：一个男人，斜倚在柜台旁，瞪着她，看上去正在忍受巨大的疼痛。他一只手拿着一双蓝色天鹅羽绒镶边的缎带靴子，另一只手向她伸过来，手上沾满鲜血，只是指甲尖儿上有星星点点的碎金末儿。

这，夫人，就是金脑壳人的故事。

虽然这故事听起来虚幻，可这个故事从头到尾都是真的。这个世界上，有这样不幸的人，他们得靠脑子过活，他们以血肉之躯换得纯金，却用来购买生活中最无关紧要的东西。对他们来说，生活是日复一日的痛楚，然后，等他们对痛苦感到厌倦时…

第十六章

诗人米斯特尔

礼拜日早上起床后，我还以为自己是在蒙马特的法布大街上醒来：天色灰暗，下着雨，磨坊一片黯淡。我很害怕，要自己一个人度过这阴冷的一天，就想到了弗雷德里克·米斯特尔，这位伟大的诗人住在离我有大约十里远的一个叫美莱的村庄里。我忽然好想重温我们曾经一起度过的那些美好温馨的时光！

身随心动：带上些香桃木，一本蒙田（法国著名作家）的书，一张毯子，我出发了。

田地里没人，我们可爱的普罗旺斯，信仰天主，泥土在礼拜日也休养生息。农庄大门紧闭，只有狗在看家。有时，我会碰到驿站马车，它的防水车篷上水流如注；或者看到一个穿着斗篷的老妇人，那斗篷的颜色恰似风中落叶；还有骡子，穿着假日蓝白相间的服饰，戴着红绒球，系着银铃铛，拉着轻便马车小步跑着，车上都是去做弥撒的人；还有就是山下，在雾气中，一只小船停泊在河上，渔夫正站在上面撒网捕鱼。

今天不是路上可以读书的日子。大雨倾盆，凌厉的北风直扑面颊。我一路未停，三个小时后，我看到了美莱村，一棵柏树掩映着它，为它遮风挡雨。

村里街上人迹全无，都在做大弥撒。经过教堂时，我听到风琴的奏鸣，看到彩色窗户中透出的烛光。

诗人的家在村子的尽头，圣雷米街上左边最后一间房。很小，只一层，前面有个院子。我悄悄进去，没人。客厅的门关着，我听到门后有人走来走去，大声诵读什么：如此熟悉的脚步声和吟诵声。我的手放在门把上，在白色的走廊里，停了一下，我太激动了，心跳太快了！他在！我要等他读完诗吗？…不，我想进去！我要进去。

噢，巴黎人，当这美莱村的诗人到巴黎给你们看他的《米瑞尔》的时候；或者当他出现在你们的书房里，穿着城里人的衣服，硬领子高帽，就像印第安人查克塔斯①那样（事实上，这穿着让他很不舒服，就像他的盛名使他感觉压抑一样。），你可能认为这就是米斯特尔。但是，这不是他。世界上，只有一个米斯特尔，就是那个我上礼拜日去突袭拜访的米斯特尔，他的小礼帽斜斜戴着，压向一边的耳朵，穿着夹克，里面没有背心，但系着红色的加泰罗尼亚腰带，眼睛闪烁着天才的光芒，高贵的脸上带着盈盈笑意，优雅宛如希腊之天神，手插在兜里大步走来走去，酝酿诗篇…

“是你！真是个惊喜！”米斯特尔喊着，伸出双手拥抱我，“多好啊！你今天来看我！特别是今天——今天是美莱的盛宴日，我们从阿维尼翁邀请来一个乐队，有斗牛，游行，可以跳法兰朵儿舞，一定很棒！我母亲做完弥撒快回来了。咱们吃完饭就出去，去看漂亮女孩子跳舞。”

他说话的时候，我深情地扫视这小小的房间：房间悬挂壁毯，我有多

---

① 夏多布里昂（法国小说家，1768—1848）作品《那齐兹人》中的人物，印第安红人头领。这本小说讲述了查克塔斯在巴黎的所见所闻。

久没来了，又有多少次在这儿度过了快乐时光！一切都没变！沙发还在原地，还铺着那黄方格的沙发套，两个草编的扶手椅，壁炉架上放着无臂维纳斯和阿尔勒的维纳斯两个雕像，还有赫伯特给诗人画的像，伊特恩·卡加（法国19世纪天才肖像摄影家）为他拍的照片，还有在窗户下的角落里，放着诗人的书桌——很普通的小桌子，在登记室里都可以看到，上面堆满了书和字典。书桌中间，打开着一本厚厚的笔记本，是《卡隆德尔》，弗雷德里克·米斯特尔的新作品，要在今年年底——圣诞节出版。米斯特尔这首诗，写了七年，六个月前才写完最后一节，可他始终不能放下它。你看，总有一节需要修改，还可以有更能引起共鸣的韵律。尽管米斯特尔是以普罗旺斯方言在写这首诗，可他的写作态度，就好像全世界的人都能读懂原版，并且会要求他陈述自己的创作技巧一样。了不起的诗人（怎样的诗人呀！）！蒙田曾写道："记住这个人，当别人问他为什么在只有很少人可以欣赏的艺术上，耗费如此大的精力时，他回答：'只有几个人懂我，就足够了；只有一个人懂我，就足够了；没有人懂我，这也足够。'"

我手捧着《卡隆德尔》的手稿翻阅，被深深打动。突然，笛声和鼓声从窗户外面的街道上传来，然后就看到米斯特尔跑到碗柜前，拿出酒瓶酒杯，把桌子拉到屋子中间，同时迅速把门敞开，欢迎演奏者们，还不忘跟我说：

"别笑…他们来以音乐向我致敬，我是本地议员。"

小屋里挤满了人。鼓放在凳子上，旗帜放在房子的一角，葡萄酒在人群里传来传去，大家举杯齐祝弗雷德里克先生身体健康。几瓶葡萄酒干了之后，大家都开始严肃讨论节日事项：法兰朵儿舞能跳得和去年一样美吗？公牛水准达标吗？然后，演奏者们就告辞了，他们还要到其他议员家里去致敬。这时，米斯特尔的母亲回来了。

桌子很快摆好了，铺着白色的桌布。我知道这房子的习俗：有客来，母亲是不上桌的。可敬的老母亲只说普罗旺斯方言，跟法国人说话会不习惯，而且，她还得在厨房忙活。

多美妙的一餐呀！烤小羊羔肉片，高原奶酪，葡萄果酱，无花果，白葡萄，佐食的还有最好的教皇葡萄酒，倒在玻璃杯里，闪烁着玫瑰色的光彩，一饮而尽。

吃甜食时，我把那个诗集手稿拿过来，把它放在桌子上，米斯特尔面前。

诗人笑着说："说好了，要出去的。"

"不！不！《卡隆德尔》！"

米斯特尔没有争辩，开始用他柔软、质感的嗓音读出诗歌的第一篇，手和着诗歌的韵律打着节拍：

这是一个哀伤的故事，
美丽的女孩，因爱痴狂。
如果上帝愿意，
我要歌颂从卡西奥来的年轻人，
贫穷的，猎渔者…

窗外，铃声在召唤上晚祷的人，广场上烟花燃起，鼓声和笛声传遍街道，卡玛格来的公牛正怒吼着被带进斗兽场。

而我，手肘支在桌子上，侧耳倾听普罗旺斯年轻渔者的故事，满含热泪。

卡隆德尔不仅仅是个渔夫，爱情使他成为英雄…为了赢得爱人——可爱的埃斯特瑞尔的心，他创造了奇迹，大力神赫拉克勒斯完成的十二项任务与他相比，简直不值一提。

一次，他决定变得富有，就发明一种打鱼方法，把海里所有的鱼儿都捕上了岸；又一次，他追赶塞维鲁公爵，就是奥利乌斯的乔治，那个土匪，一直到他山里的老巢，还有他的杀手和情妇们尾随，真是一个了不起的年轻人！一天，在圣堡，他碰到来自两个相对立行会的工人们，他们相约来这里解决纷争，方法就是双方轮流给对方阵营中的一人一阵拳脚，而且是在麦特·雅克墓前。麦特·雅克是普罗旺斯人，就是他，建起了所罗门神庙的框架。卡隆德尔冲进争斗之中，仅凭三寸不烂之舌就说服了他们…

冒险一件接一件，都是异常艰难！在高高的鲁尔山间，是大片的雪松林，这松林，如此深不可测，没有伐木者敢接近。卡隆德尔敢！三十天，他一直待在山上；三十天，他斧头砍入树干的声音响彻山间。巨大树木一棵棵被伐倒，坠落山涧，森林在哭泣。当卡隆德尔下山时，山上已无一棵树木…

最终，他的丰功伟绩为他赢得了埃斯特瑞尔的爱情，并被卡西奥的人民任命为执政官，这就是卡隆德尔的故事。但是，卡隆德尔有什么要紧的呢？诗歌其实是在描述普罗旺斯——普罗旺斯的海，普罗旺斯的山，以及普罗旺斯的人：一个简单自由的民族，因其历史、风俗、传说、风景而血脉相连；这个民族，在濒临灭亡时，却孕育了自己伟大的诗人！因此，现在，你们尽管修建铁路，竖起电报杆，从学校课本上剔除普罗旺斯方言吧！普罗旺斯永远活在《米瑞尔》和《卡隆德尔》中。

“诗歌说完了！”米斯特尔合上笔记，说：“我们得出去参加节日活动了。”

我们就出来了，整个村子里的人都在街上。呼啸的北风过后，天空澄净，阳光跳跃着照在雨后微湿的红色屋顶上。我们正好赶得上看游行队伍返回，队伍走过我们，用了近一个小时。看不到尽头的戴帽子的忏悔者们，白色的，蓝色的，灰色的，戴面纱的姐妹团，印有金色花朵的粉色旗帜；四人肩膀上扛着的木头先贤，被日月侵袭后，金色已斑驳脱落；瓷器圣人上了颜色，手里捧着极大的花束，看上去像是洋娃娃；长袍，圣体匣，绿色天鹅绒顶棚，丝绸镶边的十字架。一路走过，风拂过，烛光与阳光点亮它，赞美诗，祷告和悠长的铃声伴随它。

游行结束了，圣人先贤被送回教堂，我们去看斗牛，然后去看村里草地上举行的游戏：角斗，跳跃，躲猫猫，跳舞，还有其他普罗旺斯节日的活动。我们回到米斯特尔家时，天都黑了。在广场上有个小酒馆，米斯特尔经常和朋友兹道尔在晚饭后去那儿喝杯酒。现在，那前面，点燃了一堆篝火，人们在做跳法兰朵儿舞的准备：纸灯笼悬挂在各处照明，聚集着成群的年轻人。一会儿，鼓声响起，在火焰旁就会跳起疯狂的舞蹈，直到深夜。

晚饭后，我们太累了，决定不出去，就上楼去米斯特尔的卧室。很简朴的农夫的房间，有两张大床，没有壁纸，没有吊顶，还露着顶梁。四年前，学院颁发给《米瑞尔》三千法郎奖金的时候，米斯特尔夫人曾给儿子建议说：“要不咱们给你的卧室贴上壁纸，吊上房顶吧？”

“不，不！”米斯特尔说，“是那首诗的钱，一定要留着。”

卧室就一直这么简陋。可是，只要诗人有钱，那些敲开米斯特尔房间的人，总不会空手而归。

我把《卡隆德尔》的手稿也拿上来了，想让他在睡前再给我读一段。米斯特尔选了瓷器碗碟那一节。故事是这样的：

事件发生在不知在哪儿举行的一场盛宴上。桌子上摆好了慕斯提耶陶瓷餐具，每个蓝色光亮的瓷盘上，都放着一个普罗旺斯的特产，整个历史都放在这蓝色瓷盘里了。

米斯特尔以怎样的爱恋在描述这些盘子呀！一节赞美一个盘子，每节都是一首优美的小诗，简约、专业的描述，简直可以与泰俄克里托斯的[①]优美笔锋相媲美。

米斯特尔为我朗诵的这首诗，是以优美的普罗旺斯方言写成的，这种语言三分之一强是拉丁语，王后也曾经使用这个语言，现在却只有牧羊人能听得懂。我听着，为面前的人所折服，我在想，诗人看到自己优美的母语没落如此，他如何努力，做出补救，就像是人们在阿尔卑斯山脚下看到的雷堡王子们的旧时宫殿一样：墙徒四壁，楼梯无栏，窗户无玻璃。哥特式穹顶上的三叶草图案已破损，门把手长满苔藓，院子里是群四处啄食的野鸡，野猪在走廊细长的廊柱下哼哼，驴子在教堂里比自己还高的草中寻觅，鸽子在巨大的圣杯中喝着雨水。最终，在这片烂瓦废墟中，几户农家靠着这旧时的宫墙盖起了农舍。

然后，晴朗的一天，一个农夫的儿子爱上了这宏伟的残垣断瓦，因它们被亵渎而义愤。他迅速把牛群赶出了院子，在神力护佑下，他重建了楼梯，替换了墙上的饰品，安装了窗上的玻璃，提升了塔顶，重新为王宫镀金，使这过去的宫殿，曾经的教皇、皇后的居所，恢复了往昔的荣耀。

普罗旺斯方言，就是重建的宫殿。

农夫的儿子，即是米斯特尔。

① 公元前3世纪希腊诗人，著有《田园诗集》。

第十七章

三场小弥撒

圣诞节的故事

“两只松露火鸡，盖瑞？”

“是的，尊敬的神父大人，两只大火鸡，肚子里填满了松露，我也帮忙了。皮都快撑爆了，我都害怕烤的时候，突然爆了…”

“耶稣呀，玛丽呀！我真喜欢吃松露呀！把白袍给我。快，盖瑞！厨房里除了火鸡外，还有别的吗？”

“当然啦，各种好吃的！中午以后，他们一直在拔毛，什么山鸡、云雀、小母鸡、松鸡啦，羽毛满天飞！还从池塘带来了鳗鱼、鲤鱼、鲑鱼和…”

“多大？鲑鱼，盖瑞？”

“有这么大，尊敬的神父大人，巨大！”

“上天仁慈！你一比画，我就像看到了一样。你往祭坛的瓶子里倒葡萄酒了吗？”

“倒了，尊敬的神父大人，我往祭坛的瓶子里倒葡萄酒了。但等着瞧，那跟你一会儿要喝的可不能比。就是午夜弥撒之后，你将在城堡里的餐厅看到：玻璃杯中的各色葡萄酒光芒闪烁，还有闪闪的银盘子，雕花餐桌，鲜花遍地，大烛台上的摇曳烛光，再没有比这个午夜圣诞晚宴更豪华的了！侯爵大人邀请了附近的所有贵族，您在桌子上至少得排位四十，如果不算执行官和公证员。尊敬的神父大人，能列位其中，您真是太幸运了！刚刚只是闻了闻那些漂亮的火鸡，那松露的味儿就一直跟着我…嗯！…”

“孩子，别这样。我们要时刻警惕贪食的罪行，特别是在耶稣诞生的前夜。你离开吧，快！现在，为第一场弥撒点燃蜡烛，敲响铃声，快要午夜了，我们不能迟到。”

这对话发生时，大致是公元一千六百年的圣诞前夕，说话的是神父巴拉奎尔，曾是圣保罗教士会的先贤，现在是特翰克拉芝勋爵的牧师，搭话的是他的小书记员。听到这样的对话，你一定想今晚的书记员是魔鬼装扮的，圆脸儿，长得也没什么特征，他正想引领诱惑神父去犯下贪吃的罪孽。因此，那假的盖瑞——真的魔鬼（嘘！嘘！）正起劲地摇着宏伟小教堂的钟，尊敬的神父正在城堡的神器收藏室里匆忙穿着十字外褡，脑子早乱了，都是刚才描述到的美食，他边穿衣服边嘟囔：

“烤火鸡，金色鲤鱼，那么大的鲑鱼！…”

外面，夜风正劲，吹送着教堂的钟声，旺度山坡上灯光渐次亮起来。旺度山顶是特翰克拉芝的古老塔楼。农庄上的佃户们正一家家地赶去城堡聆听午夜弥撒，他们三五成群，沿着山坡向上，边走边吟唱着颂歌。父亲手提灯笼，走在前面，女人们裹着棕色的长斗篷在后，孩子们挤在斗篷下亦步亦趋。虽然夜深冷彻骨，这些好人都开心地前行，他们都知道弥撒之后，厨房会为他们摆好盛宴，历年如此。陡峭的山路上，时有贵族的马车经过，有火炬引领，月光下，颠簸中，马车的窗帘荡开，或者，驴子跑过，铃声叮当，就着薄雾掩映下的灯光，佃户会认出他们的执行官，并向他致敬。

“晚上好，晚上好，阿诺同主人!”

“晚上好，晚上好，朋友们!”

夜空清亮，星星在寒夜中熠熠发光，北风吹过，雪花飘落，却不曾沾湿衣襟，又是一个传统的白色圣诞！高高的山顶上的城堡，就是他们的目的地。那城堡，有成群的塔楼和三角墙，蓝色的教堂顶插入黑色的天空，窗口上，灯光闪烁，前后跳跃，在黑色建筑群的映衬下，看上去像是纸张燃尽后的残留火星。人们走过吊桥，穿过后门，再走过外边的院子，才能到达教堂。这个院子现在停满了马车、轿子和侍从，火炬和厨房熊熊燃烧的火苗照亮了他们。四周都能听到烤肉叉转动的吱吱声，锅碗乒乓的碰撞声，水晶和银质餐具摆放时的清脆的撞击声，一切都在宣称，晚宴正在准备中。温暖的气味升上空中，散发着烤肉和高级调料中特有的香草味，让佃户们，让教士们、执行官，让每个人都在心里说：

“弥撒后，我们要享用多么好的圣诞晚宴呀!”

叮咚——咚！…叮咚——咚！…

午夜弥撒开始了。在城堡内恰似大教堂缩影的小教堂里，拱门交错，橡木护墙，绣幔低垂，烛光一片，人群涌动，服饰华丽！首先看，特翰克拉芝勋爵，身着橙红色塔夫绸，坐在高坛旁的雕花座椅上，周围簇拥着所有被邀请来的贵族们。对面，悬挂着天鹅绒的祈祷椅上跪着身着火红锦缎礼服的玛奇妮丝贵妇人，和特翰克拉芝勋爵家的年轻小姐，头上戴着巴黎教廷最时髦的帽子——高耸似塔的蕾丝帽。稍远处，是执行官汤玛斯·阿诺同和公证人马斯特·阿布荣，两个人都刮了脸，穿着黑色礼服，戴着突出的大型假发，这装扮让他们在艳丽的丝绸和锦缎间，成了两个严肃而不和谐的音符。然后就是胖管家们，侍从们，马夫们，管理伙食的，还有个管家婆，她腰间用精致的银链子系着她所有的钥匙。再往后，坐在长凳上的，就是仆人们、侍女们和佃户及他们的家人。而在最后面，就在门前，是厨房里打杂的人，他们在调酱汁的间歇，小心地开开门，偷偷溜进来，偷嗅一下弥撒的气息，同时也带进来晚宴的味道。此时的教堂烛光闪耀，温暖而喜庆。

做弥撒的神父为什么分心了？是因为看到厨房打杂的白帽子了吗？更可能是因为盖瑞的钟声，那祭坛下的鸣钟逗弄人般的一直焦急地响个不停，好像在说：

“咱们快点儿！咱们快点儿！越快结束，越早开饭。”

事实是，只要这见鬼的铃声响起，神父就忘了弥撒，只会想到午夜的晚宴。他想象着跑来跑去忙碌的大厨们，厨房灶台的火苗熊熊，就像铁匠铺的火焰，半开的锅盖下冒出水蒸气，这水蒸气下，是两只肥大的火鸡，塞满了料，紧绷绷的，松露都要溢出来了…

甚至，他还看到侍从们排队走过，端着的盘子散发出诱人的香气，他跟随着他们走入大厅，那儿已经为晚宴做好一切准备。哦，天堂！他看到烛光照亮了那巨大的桌子，那桌子从这边到那边都摆满了食物，装饰着羽毛的孔雀，张开翅膀的野鸡，装满玫瑰色红酒的瓶子，绿树枝映衬下的晶莹透亮的水果，还有那各种各样的鱼儿，都是盖瑞曾提到过的（当然了，是盖瑞那个魔鬼说过的），躺在一排小茴香上，鱼鳞泛着珠光，好似刚从海中游出来一样，它们巨大的鼻翼里还插着飘着甜味的药草。这幻象如此真实，对巴拉奎尔神父来说，好像这些美味佳肴已被摆在了祭坛上的绣花布上。曾有一次，或两次，他没说“Dominus vobiscum（愿主与你们同在）”，他听到自己说“Benedicite（谢饭祷告）”。除了这小小的失误外，这可敬的神父一丝不苟地按他的职责所在进行了诵读，没落下一行，也没省略一个跪拜，直到结束，第一个弥撒都做得很好。你知道，在圣诞节，同一个神父要做三场弥撒。

“做完一个了！”神父心里说，长出了一口气。然后，一分钟也没耽搁，他挥手向自己的书记员——或者那个他认为是自己的书记员的人，致意，开始下一个。然后…

叮咚—咚！…叮咚—咚！…

这样，第二场弥撒开始了，同时，巴拉奎尔神父的罪恶也开始了。

“快，快，咱们快点儿！”盖瑞的铃声对他尖叫着，这次，不幸的神父完全屈服于贪食这个恶魔之下，他握紧了祈祷书，处于膨胀胃口的掌控下，开始疯狂吞噬书页。他，发疯一样，下跪，起立，在胸前粗略画十字，作势跪拜。他把所有的行为都拦腰斩断，以快点儿结束。他几乎不会把手伸向《福音书》，也不在忏悔祈祷时捶胸顿足。他和书记员含混不清，语速飞快。颂词和回应混乱掺杂，彼此冲撞，词只能发一半，因为张大嘴发音会用时太长，所以词汇只能是在哼哼声中消逝。

“奥姆斯…斯…斯…”

“的错…错…错…”

就像是在催促葡萄酒收割机碾压葡萄，神父和书记员两个一路结结巴巴淌过拉丁语的弥撒，泼溅了一地的水花。

“愿上…同在！…”巴拉奎尔说。

“…同在…”盖瑞回应。同时，那该死的铃声一直在他们耳边回响，就像是那驿站马脖子上的铃铛，让它们跑得更快。以这种速度，小弥撒很快结束了。

“第二场结束！”神父气喘吁吁地说。他，满脸通红，汗流浃背，一刻不歇，步下祭坛，开始…

叮咚—咚！…叮咚—咚！…

这样，第三场弥撒开始了。现在，离就餐大厅已经不远了。但是，咳，离午夜盛宴越近，可怜的巴拉奎尔就越觉得被贪食的疯狂欲望所控制，不耐烦的情绪在蔓延。他甚至更清晰地看到金色的鲑鱼，烤熟的火鸡…在那儿…是的，在那儿…他摸到了…他…哦，老天！…盘子冒着腾腾热气，酒气香浓，还有，那铃声大作，疯狂尖叫：

“快，快！再快点儿！”

可他还能怎么快呢？他嘴唇都几乎不动了，他都不发出音了，除非他完全欺骗仁慈的上帝，跳过一部分弥撒…这可悲的人真这么做了！他被欲望深深攫取，先跳过一行，然后两行。那《新约》中的《使徒书》太长，他没空读完。他掠过《福音书》，扫过《使徒信经》，跳过《主祷文》，对《序祷》微微躬身，就这样一路蹦跳着，冲向永世地狱，那声名狼藉的盖瑞紧随其后，配合无间。他举着十字褡，一次翻过两页书，撞倒桌子，惊着了祭坛上的祭瓶，还无休止地摇晃那小小的铃铛，声音越来越大，越来越快。

人们脸上那惊惧的表情，真值得一看。被迫加入这牧师哑剧表演引导的弥撒，他们听不到一个字，只能是有人爬起身，有人跪下去，有人坐下，有人起立。这不同寻常的弥撒导致长凳上出现各种姿势。耶稣诞生之星从天上经过，要前往马厩，看到这混乱不堪的景象，不禁脸色煞白，忧心满怀。

“那神父太快了，你根本跟不上他。”那老贵妇生气地摇着头，抱怨道。

马斯特·阿诺同，鼻梁上戴着大大的钢化眼镜，在他的祈祷书里找来找去，纳闷他们到底进行到了哪儿。但是，总的来说，这些可敬的人们都在想那晚宴，所以对这高速进行的弥撒并无歉意。所以，当巴拉奎尔神父，转身面对大家，满面光彩，声嘶力竭地大声喊“弥撒结束，请起身”，众人齐声回应“感谢上帝”时，声音如此欢快活泼，你会以为他们已经坐在餐桌前，开始第一杯酒的祝词。

5分钟后，所有的贵族都在大厅就座了，神父坐在他们中间。城堡里，每个房间都灯火通明，都充满了欢声笑语，都喧嚣热闹。尊敬的巴拉奎尔神父勇猛地把叉子插入鸡翅膀，把罪恶感淹没在葡萄美酒和美味肉汁里。这不幸的神父喝得太多，也吃得太多，当晚就中风而死，甚至没时间去忏悔。早晨，他到了天上，仍然因为酒醉而恍惚。你可以想想，他会在天堂受到怎样的接待。

“滚出去，你这邪恶的基督徒！”最高法官——我们所有人的主人，对他说，“你忘记美德，堕落至此，倾尽你一生的善行，也无法弥补！你盗窃了我的一个午夜弥撒，我要你三百倍地偿还。你不能进入天堂，除非你在自己的教堂，与你的那些因你的错误而获罪的教民一起，做完三百个圣诞弥撒。”

这就是巴拉奎尔神父的传说，到了这个种满橄榄树的地方，你就会听到这个故事。现在，特翰克拉芝城堡已不复存在，但那教堂依然矗立在旺度山上，在一丛圣橡树间。门已破烂，在风中被吹得乒乓作响，门槛已被疯长的野草淹没，祭坛的角落里已经栖息了鸟窝，还有那巨大的窗户上的彩色玻璃，早已没了踪影。但据说，每年的圣诞节，这些废墟上都闪烁着超自然的光亮，那些去半山腰新建的教堂做弥撒和吃盛宴的农夫也看到这幽灵般的教堂灯火通明，烛光摇曳，即使风雪也无法熄灭旷野上的烛火。你可能嗤之以鼻，但是当地的一个种葡萄的叫盖瑞格的小伙子（显然是盖瑞的后人）曾肯定地对我说，一个圣诞前夜，他有些醉意，在特翰克拉芝山附近的山上迷路了，他看到11点之前，一切都很平静。突然，午夜时分，高山上传来一阵铃声，那古老的铃声，多少年都没听过了，好像是从几十里地外传过来的。一会儿，在通向山顶的路上，盖瑞格就看到亮光摇曳，身影晃动。在教堂的门口，有脚步声和低低的问候声：

"晚上好，晚上好，阿诺同主人！"

"晚上好，晚上好，朋友们！"

大家都进去后，那种葡萄的，很勇敢地悄悄跟上去，从破烂的门缝里瞧进去，他看到一个奇特的景象：他看到的那些人都一排排坐在已经荒废的教堂中殿的高坛周围，就好像那古时候的长凳还在似的。有戴蕾丝帽子、穿织锦服饰的贵妇人们，有英俊的、从头到脚打扮一新的绅士们，还有穿着绣花夹克（那可是我们爷爷辈穿的）的农夫们，但所有的一切看起来都古旧褪色，风尘仆仆，疲惫不堪。不时地，教堂的现有居民，那些夜归的鸟儿，被烛光惊扰，在蜡烛周围飞来飞去，那蜡烛的火苗笔直，但模糊，就像是在薄纱后燃烧。让盖瑞格觉得最逗乐的是一个戴着钢制框架眼镜的人，他不停地抖动自己高高的黑色假发，因为上面有一只鸟儿，被假发缠住了，在无声地扇动翅膀…

最尽头，一个矮小的老人，比一个小孩子高不了多少，正跪在高坛的中间，绝望地摇着发不出声响的铃铛；一个着金色法衣的神父在祭坛前来回走动，诵读祈祷词，那祈祷词，我们一个字也听不到…这肯定是，巴拉奎尔神父在做第三场弥撒。

第十八章

橘子

印象笔记

在巴黎，橘子看上去暗淡哀伤，恰似被风吹落后，又被拾起。它们在冬天最寒冷潮湿的日子到来，它们表皮圆润，光彩夺目，气味芬芳，那味道，对于习惯于淡雅之气的国度，几乎是夸张炫目的，因此它们具有了异国风味——淡淡的波西米亚味道。雾蒙蒙的傍晚，小小的手推车上堆满了橘子，还悬挂着一盏红色纸灯笼，哀伤地走过人行道的边沿。与之相伴的是单薄单调的吆喝声："一分一个！瓦伦西亚橘子！"这声音却也被马车轮子和迷你小巴士的吱嘎声所淹没。

这远道而来的水果有着不同寻常的浑圆体型，只有与树相连的桔梗那儿有一丝绿色。四分之三的巴黎人把水果当作甜点，或者糖果。而这种水果恰巧还用纸张包裹，并且只在节日期间食用，因此更加深了它作为甜点或糖果的印象。特别是1月初，大街上散布的有几千个橘子，排水渠的泥浆里都是橘子皮，让人以为是一棵巨大的圣诞树抖动枝叶，洒落了巴黎满满的人造水果。每一个角落，你都会看到橘子：在明亮的商店橱窗里，它们被精心挑选排列；它们在监狱和医院的大门前，堆在饼干桶上，摆在苹果堆上；它们也出现在舞厅的入口处，礼拜天的展览入口处。它们精细的气味与汽油的味道，与小提琴的杂音，与剧院画廊的灰尘卷在一起。所有的一切，都使我们忘记橘子来自橘树，因为对我们来说，橘子来自南方鼓鼓囊囊的包装箱，而橘树，它们要在暖房里度过冬天，然后被带出来，经过修剪、变形和伪装，出现在公园里，让我们能够惊鸿一瞥。

要确实了解橘子，必须到它的属地去，到它所生长的撒丁区的巴利阿里群岛，到科西嘉，或者阿尔及利亚，那儿有地中海温暖的空气，有金蓝色的海风。我记起了布里达小镇大门外的一个橘园，在那儿，橘子美极了！在黝黑发亮、光彩夺目的叶子的映衬下，橘子如流光溢彩的五色玻璃，它那耀目的光环围绕着同样生动光彩的花儿，使周围的空气都涂上了一抹金色。时而，枝叶间的空隙可以让人瞥见这个小镇的城墙，清真寺的尖尖塔顶，神殿的圆顶，以及远处连绵的阿特勒斯山脉，那山脉，山脚一片绿色，头顶雪的王冠，就像是雪白的羽绒斗篷，有的地方却打错了褶皱——因为新雪初下，只是片片断断。

一夜，当我留宿在此时，因为某种无法解释的、30 年未遇的奇特天象，霜冷的冬日在这熟睡的小镇上空飘摇落下，布里达小镇醒来，已如粉妆玉砌般，一片雪白。此时阿尔及利亚的空气如此纯洁珍稀，那雪恰似飘落的珍珠粉末，也有着白孔雀羽毛的华丽光彩。

最美的自然是橘园。密集的树叶支撑着落雪纹丝不动，恰似金漆盘上的冰淇淋，每个包裹在霜雪里的橘子，表面都丝滑柔顺，低调却依然光彩，恰似雪白织纱掩映下的黄金。不知为何，它释放出教堂节日的印象，红色的法衣掩映在蕾丝长袍下，烫金的祭坛覆盖在网眼花边织布里…

我对于橘子的最美好的印象来自于阿雅克修附近的一个大果园巴比卡格里亚，我通常在最热的午后去那儿午休。这儿的橘树，比布里达的更高，种植间距也更宽，果园一直延伸到大路，只由一条沟渠和一排篱笆与之分开。不远处，就是蓝色的广袤大海。我在这儿度过了多么美好的时光呀！头上，橘树花朵盛开，果实满树，滤净了炙热的气息。不时地，一个成熟的橘子，好似受不了炎热，会突然从树上剥离，闷闷地落在我身旁的空地上，不引起任何的回响。我只要伸手拣起：紫红色果肉，顶级的果实。它们对我来说已如此之精致，可还有那也如此美丽的景色：大海在树叶间交织出闪烁的蓝色瞬间，一如朦胧雾气中闪耀的玻璃碎片；空气中都是海浪的波动，那喃喃地韵律，恰似看不到的小舟随波浮动，诱你入眠。还有那热气，那橘子的香气，哦，是的，在巴比卡格里亚入眠，是多么美好呀！

然而，有时，在我午睡的最美时刻，咚—咚—锵的鼓声会突然把我惊醒。是恼人的业余鼓手在路上练习。透过篱笆的缝隙，我能看到大鼓上的黄铜装饰和他们红裤子上系着的大大的白色围裙。耀眼的阳光照射下来，被大路上的灰尘反射起来，无情地直射向这些鼓手，为了躲避，他们就站在果园边上，挤在篱笆那窄窄的阴凉里。他们还敲鼓！他们还热火朝天！我呢，使劲从睡意朦胧中挣扎出来，就开玩笑地从触手可及的树枝上摘下那可爱的金黄橘子，扔向他们。被打中的鼓手停下来，犹豫一下，四处看看那正滚入眼前沟渠的顶级橘子来自哪儿。然后呢，他会捡起橘子，皮都不剥，一大口咬下去！

我也记得，在巴比卡格里亚右边，只有一座小矮墙之隔，有一个奇怪的园子，我所处的位置较高，可以观察到，园子面积很小，也很普通：黄色的沙土路两旁种着深绿色的黄杨树，大门旁是两棵柏树，使它看上去像是马赛那儿的乡村小院子。远一点儿，有个白色的石头建筑，上有刚刚露出地面的通风口，好像是个酒窖。开始，我也以为是间乡村的房子，但仔细看看，房顶上有十字架，石头上有镌刻，那字我看得见，却不会读，我意识到这是一个家族墓地。在阿雅克修，在果园中，有很多这样的单独停尸教堂，家人会每个礼拜日来祭拜死者，这样，比起长眠在混乱拥挤的公墓中，死亡看上去没那么恐怖，在这儿，只有朋友到来才会搅扰逝者的宁静。

从我所在的地方，我总是看到一个面相和善的老人庄重地快步走在小路上。一整天，他修剪树木，挖地浇花，还小心地移走枯萎的花儿。他会更换铲子、耙子，以及那个很大的盛水罐子。日落时分，他会进入逝去家人沉睡的教堂。他安静地做着一切，就好似墓园的园丁般平静。可是，连他自己也没有意识到，他劳作时，带有的那种敬意软化了所有噪音。他每次都轻柔关门，好似害怕会惊醒什么人。他平静地照顾着园子，这平静祥和，渲染着周围的一切，不惊动一只鸟儿，不含一丝的忧伤，却使海更辽阔，天更高远。墓中人那无止息的午休，在大自然焦躁不安、兴高采烈的生命力映衬下，营造出永生休憩的氛围。

第十九章

两个小酒馆

七月的一个下午，我从尼姆往回赶，天气又闷又热。目之所至，灰尘弥漫，巨大无光的银灰色太阳占据了整个天空，白色的路面火一样烫，路边只有成丛的橄榄树和几棵低矮的橡树，找不到一丝阴凉，没有一丝风，只有滚烫的空气在颤抖。还有那刺耳的蝉鸣，疯狂焦灼，震耳欲聋。这乐曲，恰似那滚烫的空气。我已经走了两个小时，却一个人影都没见到，突然，灰尘掩映的路旁，几间白色的民居突然出现在我面前，这就是所谓的圣文森特驿站：五六间农房，几个红顶的长形谷仓，几棵颓败的无花果树下，一个喝水的槽，里面却没有水，在最后，路的两边有两个相对矗立的酒馆。

这两个酒馆如此之近，让人吃惊。一边儿，是一栋新盖的高大建筑，大门敞开，人来人往，马车在这儿停下，马儿在这儿休息，乘客在这儿路边的墙角阴凉下喝杯酒，院子里挤满了骡子和马车，运货的在墙根下，等着凉快的夜晚。里面，叫喊声，咒骂声，拳头砸桌子的声音，碰杯声，打弹珠的声音，开启瓶塞的声音，响成一片，在这一片喧嚣中，一个声音在歌唱，洪亮而欢快，震颤了所有的窗户：

可爱的玛格特，
每日早起，
手持白银水瓶，
井边打水…

对面的酒馆，正好相反，寂静无声，似是荒弃废置了。门前长草，窗帘破损，门上悬挂着一枝发霉的冬青，好似在追忆逝去的辉煌，门前的台阶是路边石块砌成的，一切都那么破败，那么可怜，如果能进去喝杯东西，对它就是一种施舍。

我推门进入，是一个悠长、沉闷、空旷的房间，阳光从三扇没有窗帘的窗户照进来，使它看上去更加寂寞空旷，家具看上去也在沉睡：几张摇摇晃晃的桌子，几只满是灰尘的玻璃杯，弹球桌那儿伸出的破烂球兜，像是乞讨者的破碗，发黄的沙发，破旧的柜台。还有，就是苍蝇！苍蝇！我从没见过这么多苍蝇，天花板上，窗棂上，玻璃杯上，全是一群群苍蝇！我推门时，惊起了一片嗡嗡声，到处都是扇动的翅膀，我就好像闯进了蝇穴。

在房间的尽头，最尽头的窗户下，站着一个女人，好似完全被窗外的什么景象吸引了。我招呼了她两次：

“嗨，你好！店主!”

她慢慢转过身，我看到她可怜的脸，是一张老农妇的脸，沟壑纵横，遍布皱纹，黄土褐色，头上包着那种老妇人才会戴的、镶着红棕色蕾丝的头巾。但是，她并不真的老，只不过是过早地太多地品尝到了痛苦。

“你有事儿吗?”她问，擦了擦眼睛。

“坐一会儿，喝点儿东西。”

她吃惊地看着我，在窗户前没动，好像没明白我的意思。

“那，这不是个酒馆?”

女人叹了口气。

“是，如果你喜欢这么叫。但你怎么不去那边儿，跟其他人一样？那儿更热闹…”

“对我来说，太热闹了，我更愿意在这儿。”

不等她回答，我就在桌子旁坐下来。

她肯定我真的要留下来后，就开始忙起来了。她看上去真的很忙，开抽屉，拿瓶子，洗杯子，挥赶苍蝇，这让人觉得我这唯一的客人真的很重要。这可怜的女人，还不时停下来，好似对自己干的事儿很绝望。

随后，她走进后面的房间，我听到她拿着大串钥匙，哗啦哗啦响，嘎巴嘎巴在开锁，然后在面包箱里摸索，又是吹气，又是扫尘，还洗刷盘子。中间，还总有长长的叹气和压抑的哽咽…

大概这样一刻钟，我面前摆上了一碟葡萄干，一条有时日的波卡尔面包，就跟沙石一样硬，和一瓶低劣的本地葡萄酒。

“请慢用。”这奇怪的妇人说，并迅速回到了自己窗前的位置。

我边吃，边引她说话。

“你这边儿一般没人，是吧?”

“是，先生，人影都没一个！过去，这儿只有我们一家时，完全不同。那时，我们拥有驿站，马车长年不断在这儿停宿，射鸭子的季节，我们还提供餐饮…但自从那边儿的人来了以后，我们什么都没了…人们都愿意去那边儿，这儿对他们来说太沉闷了…不用假装不是，我已经不成样儿了，我那两个女儿死后，我一直发烧…可那边儿，完全不同，大家都开心都大笑。那儿是一个从阿尔勒来的女人开的，她是个美人，脖子戴着金子，衣服上有蕾丝，那驿站驾车的是她的情人，他总把车停那儿。那些服务员也都是哄人、勾人的，钱就哗哗来了。那些从班斯、如散和让克尔来的年轻人都到她那儿，那些运货的还特地绕远来看她…而我，只能守着这儿，没一个人，只能让自己心碎。”

她说得哀哀切切，头前额还顶着窗棂，很明显，对面显然有什么东西让她牵肠挂肚。

突然，对面大路上，一阵骚乱，驿站马车正绝尘而去，鞭子在空中甩动，马夫炫耀地吹起号角，女孩子们跑出来，在门口喊着：再会！再会！…在这一片喧嚣中，那震耳的歌声又响起，无比悦耳：

她的白银水瓶
打满井水；
她看到，在山上
三个武士，戎装待发…

听到这歌声，我的女店主从头到脚，一阵颤抖，她转向我，低声说：

“你听到了吗？是我丈夫…他唱得真好，不是吗？”

我看着她，目瞪口呆。

“什么？你丈夫！……他也去那边儿？”

心碎的回答，却满是温柔：

“你能怎么样？先生！男人就是这样。他们不喜欢眼泪，可自从我的孩子们死后，我一直哭。而且这儿，这大房子，没个人影，太让人伤心了…我可怜的约瑟，他觉得特别无聊时，就到那儿喝口酒，他嗓子特别好，那个阿尔勒的女人就让他唱歌！听，听，他又开始唱了。”

她站在窗前，好似沉浸在兴奋的恍惚中，浑身颤抖，双手高举，倾听着她的约瑟为那来自阿尔勒的女人歌唱，脸颊上是大滴的眼泪，那眼泪让她看上去更丑。

> “走上前，他对她说：
> 早上好，我的美人，
> 我的甜心。”

第二十章

在米莉阿娜

旅途随笔

这次，请随我去阿尔及利亚的一个祥和的小镇度过一天，那地方距离巴黎有几百里地远，算是变换一下环境，暂时远离鼓声和蝉鸣吧。

天色灰暗，风雨欲来，雾气遮挡了扎卡山顶，糟糕的礼拜天。我躺在小旅馆的床上，抽着烟打发时间，透过窗户，可以看到这个阿拉伯小镇的城墙。我把这小旅馆的书都拿来了，有一本是关于遗嘱及遗嘱认证的历史的详细描述，还有保罗·德·考克写的几本小说，另外，我还发现了蒙田的一卷书，有些破损不全了，随意翻开，我碰巧又读了一遍那封精彩的信，是关于波伊提乌[①]早亡的，结果我更加消沉、更加郁闷了。外面已经开始掉了几滴雨，雨点砸在窗台上，留下一个星星样的印记，因为那里满是灰尘，从去年雨后一直保留到现在。书从我手里滑落，很长一段时间，我一直盯着这些哀伤的星星看。

镇上的钟敲了两下——那钟悬挂在古老的神殿里，从我这里望出去，

① 罗马哲学家，约480年生于罗马，524年卒于意大利。

只能看到那神殿消瘦的白墙。可怜的神殿，30年前，它怎么也想不到，有一天，会有市政大钟挂在它的胸前，而且每个礼拜日的两点，还给米莉阿娜所有的教堂发出信号，要它们摇响晚祷的铃声。叮！咚！所有的铃声都响了，会这样响很久。这屋子太憋闷了，那清晨出现的、被称作哲学思想的蜘蛛们已经在每个角落都结了网。还是出去吧。

我到了主广场，第三军团的乐队已经聚在乐队指挥周围了，风雨无阻。一个军营的窗前，站着将军和他的女儿们。广场上，副镇长和治安法官手挽手来回走来走去。五六个几乎半裸的阿拉伯小孩在角落里玩儿弹球，不时发出愤怒的吼叫。再远点儿，一个衣着破烂的老犹太人过来找寻自己昨天留在这儿的阳光，发现没了，吃惊不已。“一、二，开始！”乐队奏响了太勒克斯的一首玛祖卡舞曲，去年冬天，我的窗下一直有人用手摇风琴演奏这首曲子，常常让我很烦，今天，它却让我流泪了。

哦，第三军团快乐的乐队成员们，他们心无旁骛，只想着紧跟节拍，眼里只有四分音符，陶醉在韵律和音乐中。他们的灵魂，他们的身体都与那手掌般大的乐谱联系在一起，那乐谱就固定在两个铜牙链之间，在乐器的末端。“一、二，开始！”对他们来说，这是最重要的命令，他们所展示的国家风采让他们从不会想家。哎呀！可我不是他们的成员，那音乐让我忧伤，我走开了。

我可以去哪儿消磨这阴郁的礼拜日下午呢？当然，斯德欧玛商店还开着门，就去拜访斯德欧玛吧。

虽然斯德欧玛有一个店，但他不是看店的。从血统上说，他是个王子，是前任阿尔及利亚统治者的儿子，他的父亲被禁卫军勒死了。父亲死后，斯德欧玛和他敬爱的母亲在米莉阿娜避难，住了几年。他既是哲学家，也是勋爵，住在凉爽美丽的宫殿，里面有无数的喷泉和橘树，还有他的猎狗、猎鹰、骏马和妻子们。然后，法国人来了，斯德欧玛开始与阿布达尔酋长结盟，与法国为敌，再后来，因为与酋长发生争执，就归顺了法国。为了报仇，酋长在斯德欧玛不在时，冲进了米莉阿娜，洗劫了他的宫殿，烧毁了他的橘树林，抢走了他的骏马和妻子们，还用一个巨大的箱盖割断了他母亲的喉咙…斯德欧玛愤怒无比，立刻加入了法国军队，在与酋长的战争中，他成了最凶猛最顽强的战士。战争结束后，他又回到米莉阿娜，时至今日，如果有人提起阿布达尔的名字，他仍然会立刻脸色发白，目露凶光。

斯德欧玛60岁了，虽然年事已高，患过天花，但英俊依旧，他有长长的眼睫毛，女性般温柔的注视和迷人的微笑，完全是王者的风范。因为战争，他以前的财富就只剩下契力夫平原上的一个农庄和米莉阿娜的一间房子，他和自己养大的三个儿子住在这儿。本地的首领都很尊重他，如果发生争执，大家都愿意接受他为仲裁者，他的判决基本就等同于法律。他很少出门，下午的时候，他总在与家相比邻的一个店里，那店面对街道，里面的家具也都很便宜，刷白的墙，圆形长凳，一些垫子，几个长烟斗，两个火盆，等等。就在这儿，斯德欧玛做出判断，维护正义，一个在店铺里加冕的所罗门！

因为是礼拜日，人很多。屋子里，大概十几个穿着白色长袍的首领盘腿坐在地上，每个人都拿着烟斗，旁边的金丝镶嵌的小桌上放着一小杯咖啡。我进门，没人动。斯德欧玛坐着，微笑致意，伸手邀请我坐在他身边的一个黄色丝质大垫子上，然后，在嘴前竖起手指，示意我只要听就好。

案子是这样的：本尼左格部落的酋长和米莉阿娜的一个犹太人就一块地意见相左，双方同意把这事儿交给斯德欧玛处置，并接受他的裁决，约好了今天处理，证人都被召来了，可是，那个犹太人改变了主意，没带证人，自己来了，并宣称自己要把案子交给法国治安法官，而不是斯德欧玛。我来时，案子正进行到这儿。

那个犹太人——年纪一大把了，大胡子，脸色惨白，穿着栗色大衣，戴着天鹅绒帽子。他面朝天，眼含祈求，不断吻着斯德欧玛的鞋子，低头鞠躬，屈膝下跪，双手合十。我听不懂阿拉伯语，但从那犹太人的姿势，以及不断出现的“治安法官，治安法官”，我猜他说的是：

“我们并不怀疑斯德欧玛，斯德欧玛是明智的，斯德欧玛是公正的…但是，治安法官能更好地办理我们的案子。”

听者很生气，但作为阿拉伯人，他没有反驳，只是斜倚在垫子上，目无表情，嘴里叼着琥珀色烟斗，微笑听着。斯德欧玛，看上去就是讽刺之神。突然，那个犹太人滔滔不绝的雄辩被一声洪亮的“妈的!”打断了。同时，一个西班牙移民——他是作为酋长的证人出席的，离开座位，走向那个犹太人，冲他破口大骂，夹杂各种语言，其中，有句法语词，太难听了，在这儿无法复述，斯德欧玛的儿子，因为在父亲面前听到这个词，脸红了，赶紧走了出去。看看阿拉伯人的教养吧！听众们都没动，斯德欧玛微笑依然。那个犹太人站起来，向门口退去，害怕得发着抖，可嘴里还不断大声叨叨着“治安法官，治安法官…”他走出去了。那个西班牙人，怒火万丈地跟着他冲了出去，在街上抓住他，然后“啪啪!”在脸上，给了那犹太人两巴掌，那犹太人一下子跌倒了，双臂张开，跪在地上。那西班牙人，有些羞愧，返回了店里。他一走，犹太人就站起来，狡黠地看了一眼周围的人群，有各种肤色的人，马耳他人、马洪尼斯人、黑人、阿拉伯人，他们都痛恨犹太人，看到其中一个被打，都偷偷高兴。我们的犹太人犹豫了一下，抓住一个阿拉伯人的袍角：

“你看见了，阿卡莫德，你看见了，你就在这儿，那个基督徒打了我，你给我作证，这是行善，你得给我作证。”

那个阿拉伯人拽开他的衣角，推开那犹太人。他什么也不知道，什么也没看见，当时，他正在往另一个方向看。

“但你，卡图尔，你看见了，你看见那个基督徒打我了。”不幸的犹太人朝着一个忙着削梨皮的黑人喊。

那黑人朝他吐了口吐沫，以示鄙视，走开了。他什么都没看见。那个小马耳他人，帽檐下闪着鄙视的眼神，也说什么也没看到。那个褐色皮肤的马洪尼斯女人也说没看到，她头顶着一篮子石榴，大笑着走了…

那犹太人又是祈祷，又是大叫，跑来跑去，就是没人作证！没人看见！机缘巧合，他的两个同乡正好这时候溜着墙角过来，那犹太人瞅见他们：

“快，快，兄弟们！快去找律师！快去找治安法官！你们两个都看到了，你们都看到他打了一个老人。”

他们看到了？…我得说，应该是看到了！

斯德欧玛店里一片沸腾！店主人为大家加满了咖啡，大家也都点上了烟斗，开始欢笑闲聊，太有意思了！看到一个犹太人被痛打。我在这一片烟雾和喧闹中，偷偷向门口走去，我想看看犹太人那边想怎么处理兄弟受到的侮辱。

“先生，今晚来吃饭吧。”好心的斯德欧玛在我身后喊。

我接受了，谢了他，然后出来。

在犹太人这边，所有的人都站着，大家都在讨论这事。店里都空了，所有的以色列人，绣花的，裁缝，卖马具的，都在街上。那个戴天鹅绒帽、穿蓝色羊毛袜的人正在人群里指手画脚地说什么…那些女人，面色苍白，气喘吁吁，穿着灰蒙蒙的长袍，裹着金色胸衣，看上去僵硬得就像是木制的洋娃娃，脸上蒙着黑纱，哀鸣着从一个人群走到另一个人群。我到的时候，人群正蜂拥上前，大家都往前挤，那个犹太人，现在是英雄了，他靠在两个证人身上，穿过人群，劝诫声四起：

“复仇，兄弟；复仇，为犹太人复仇。什么都别怕，法律在你这边儿。”

一个可怕的矮子，浑身散发着旧皮子和皮鞋上蜡的味道，走到我跟前，忧伤地看着我，叹了口气说：

“你看，他们怎么对待我们可怜的犹太人！对一个老人也这样！看，他们几乎杀了他。”

事实上，那可怜的犹太人看上去更像死了，不像活着。他走过我身边——眼睛无神，脸颊憔悴，走不了路，被拖着走…只有下重手，才能救活他，因此，他们要让他先见律师，而不是医生。

阿尔及利亚有很多律师——几乎跟蝗虫一样多，而且生意都还不错，无论如何，这个行当让你可以轻松就业，不需要考试，不需要担保，也没有契约约束。就像在巴黎，我们可以成为作家，在阿尔及利亚，人们可以随意成为律师，唯一的要求是，你得懂一点儿法语、西班牙语、阿拉伯语，并且能随口说出些法律条文，最重要的，你的脾气得对路。

律师的作用多种多样：依次是辩护律师、诉讼律师、中介人、评估师、翻译员、簿记员、经纪人、记录员，他简直就是这块殖民地的杰克师傅①。但是，阿尔巴贡只有一个杰克师傅，而这个殖民地可太多了，仅在米莉阿娜就有几十个。通常，律师们为了节省办公开支，不设办公室，会在广场的咖啡馆里接待客户并给予建议。给予？是呀，通常客户还会为他们买杯苦艾酒和一杯加朗姆酒的咖啡。

---

① 莫里哀著名喜剧《吝啬鬼》中的人物，兼作主人公阿尔巴贡的车夫和厨师，因而“杰克师傅”在法语里成了“包揽或过问一切的人”。

现在，这可怜的犹太人，在两个证人的搀扶下，正朝广场上的咖啡馆走去，我们就不跟着去看了。

离开犹太区后，我经过阿拉伯事务局，从外面看，这房子是板岩房顶，上面还悬挂着法国国旗，你肯定以为这是法国小镇的镇公所。我认识里面的翻译，咱们就进去跟他抽支烟吧！一根接一根，这暗无天日的礼拜天就过去了。

事务局的院子里挤满了衣衫破烂的阿拉伯人，大概五十多个，穿着阿拉伯人特有的那种戴帽子的长袍，正等着被接见。虽然是在露天，这满是贝多因人（一个居无定所的阿拉伯游牧民族）的大厅也飘荡着浓重的体味。我们快走过去吧。在局里面，我看到翻译正接待两个大吵大嚷的家伙，那俩人只披着长长的脏毯子，里面什么也没穿，他们正慷慨激昂、绘声绘色地讲述一串儿玫瑰念珠被窃的故事。我在角落里的一个草垫子上坐下听。这些翻译的制服真漂亮，非常适合米莉阿娜的他们，制服与翻译简直就是大作之合呢！制服是蔚蓝色地儿，有黑色圆环图案，镶有金光闪闪的扣子。人呢，年轻帅气，头发卷曲，像是蓝色的轻骑兵，还有满不在乎的幽默，健谈，据说会多种语言，还在东方语言学校学习过勒南语，热爱运动，即使在执行官夫人的书房里也表现得当。一句话，是巴黎人，这就是我们的翻译，女人们都为他着迷，这不奇怪吧。作为一个花花公子，他只有一个对手，阿拉伯事务局的中士，中士身着质量上乘的紧身军装上衣，护腿上镶着珍珠母贝纽扣，是整个驻军羡慕嫉妒的对象。自从他借调到阿拉伯事务局后，就不用干任何苦差，每天，他只要戴着白手套，顶着新打理好的头发，夹着大大的登记簿，在街上巡视就好。他权力在手，人们对他既敬重，又害怕。

那个玫瑰念珠被盗的故事看上去是要没完没了了。再见！我可等不了结尾了。

我出去，到院子里一片混乱，人群簇拥到一个高个儿的阿尔及利亚人身边，那人脸色苍白，神色骄傲，穿着黑色长袍。一周前，这人在札喀跟狮子进行了一场搏斗，杀了狮子，自己的半只手臂也被咬断了。每天早晚，他都到事务局来给伤口换药，每次，都被大家拦住讲他的故事。他讲起来，语调舒缓，嗓音沙哑动人，还不时掀起长袍，给大家看他系在胸前的左臂，那绷带上满是鲜血。

我刚到街上，狂风暴雨就来了，夹杂着闪电雷鸣，快，赶紧避雨吧！我溜进一扇门，看到一群吉普赛人躲在一所摩尔式庭院的拱墙下，这院子是米莉阿娜清真寺的，通常，信奉伊斯兰教的穷人都把这儿当成避难所，这儿被称作“穷人的庭院”。

一只皮包骨的瘦狗，长满寄生虫，跑过来，在我身边充满敌意地转来转去。我背靠院子里的一个柱子，尽量表现得满不在乎，也不跟任何人搭话，只是看着那雨点落在铺在院子里的彩色石板上，跳跃着。吉普赛人挤在一起，离我最近的是一个年轻女人，几乎算得上漂亮了，脖子和腿裸露着，手腕和脚踝上戴着大大的铁环，正哼唱着一首只有三个音符的歌曲，鼻音浓重，音调忧郁。同时，她怀里抱着一个婴孩喂奶，那孩子红棕色皮肤，几乎都裸露在外，她另一只手还在用石臼磨面。那无情的风雨，打湿了她的大腿和怀里的孩子，可她丝毫不为之所动，风雨依旧，歌声依旧，还在磨面，还在喂奶。

风暴减弱，我抓住风雨间歇，急忙离开这奇妙的庭院，动身去斯德欧玛那儿——晚餐时间到了。穿过广场时，我又碰到了老朋友，那个犹太人，他紧靠着律师，两个证人高兴地走在他身后，都神采奕奕：律师接了他的官司，并且要索赔两千法郎的损失费。

斯德欧玛那儿的晚宴很丰盛：餐厅面对一个优雅的摩尔式庭院，里面的喷泉如音乐在奏鸣。我向布瑞斯男爵推荐了最好的土耳其餐，其他的菜式中，我特别注意到了杏仁鸡肉、香草库司，龟肉——虽然口味稍重，但腌制得很好，还有一种叫卡迪饼的蜂蜜饼干。酒只有香槟，虽然穆斯林戒律禁止饮酒，斯德欧玛在仆人转过身的时候，也偷偷喝了一口。晚餐后，我们退到主人的卧室，那儿为我们准备了甜食、烟斗和咖啡。卧室的装饰非常简单，一张长沙发，几个苇席垫子，最里面，是一张非常高的大床，上面散乱地放着几个红色镶金线的垫子。墙上，挂着一幅古老的土耳其画作，是关于某个哈马迪舰长的功绩的。土耳其的艺术家看上去喜欢在作画时用一种颜色，这个艺术家，显然喜欢绿色：大海，天空，舰船，哈马迪本人都是绿色的，那一片绿呀！

根据习俗，我得早点儿离开，所以，喝了咖啡、抽了烟斗之后，我就向主人告辞了，留下他和妻子们一起。

这一晚怎么结束呢？上床睡觉还太早，而且，我也睡不着，斯德欧玛家的金色垫子在我眼前跳起了欢快的法兰朵儿舞。这儿是剧院，进去待会儿吧。

米莉阿娜的剧院曾经是饲料仓库，改造后就用来娱乐了，那些大灯笼，用来照明，在舞台间歇的时候，会被装满油。后排的观众得站着，前排是长凳，楼座很少，有一些草编底座的椅子，围绕着礼堂的，是狭长黑暗未经修缮的通道，你会以为自己在大街上，没什么不同。我进来时，剧目已经开始了，我很吃惊，演员表演得不错：当然是指男演员们，他们有激情有生活。第三军团的士兵，作为爱好者，为他们骄傲，每晚都来捧场。

那些女演员，咳，跟其他地方一样，永远都是小地方剧场的演员，矫揉造作，浮夸虚假。她们当中，有两个人引起了我的注意：两个米莉阿娜女犹太人，很年轻，第一次上台表演。她们的父母在台下，看得如痴如醉，他们坚信女儿们会在这行混得风生水起，赚得盆满钵满，那犹太女演员瑞秋成为百万富翁的传奇，在东方的犹太人中已经家喻户晓。

舞台上，这两个犹太女孩的表现最具喜剧化，也最打动我。她们总躲在舞台的一角，画着浓妆，穿着低胸礼服，身体僵硬，既寒冷又羞怯。她们有时说一两句台词，其实自己也不知说的是什么，说的时候，那希伯来人特有的大眼睛就满含惊奇地盯着礼堂。

我走出剧院，浓浓夜色包围了我。我听到广场的角落传来叫喊声，可能是几个马耳他人拔刀相向了吧。

我沿着土墙慢慢往旅馆走，平原上飘来美味的橘香和柏树的味道，空气柔和，天空清净。这条路的尽头，耸立着一堵墙，恰似鬼魂。这堵墙是一个古代庙宇残留下来的，是神圣的：每天，阿拉伯女人都来参拜，奉上贡品，一匹布，一缕银线缠绕的头发，斗篷的下摆，等等，等等，都挂在墙上，在淡淡的月光下，在温暖的夜色中，随风摆动。

第二十一章

蝗　虫

再讲一个阿尔及利亚的故事，咱们就回磨坊。

到达萨赫勒农庄的那天晚上，我无法入睡。新的国家，旅途的兴奋，豺狗的狂吠，还有那让人萎靡的闷热，几乎使人窒息，好像没有一丝空气可以透过那蚊帐…黎明时分，我推开窗户，一团夏季的浓雾，边缘是黑色和玫瑰色的，正慢慢升腾，就像是战场上炮火形成的烟雾，慢慢飘浮。树叶纹丝不动，美丽的花园呈现在我面前：山坡上的藤蔓向上伸展，以抓住那灼热的太阳，使自己变得美味甘甜；来自欧洲的果树聚在阴凉角落里，还有小橘子树，成排的柑橘树，看上去都无精打采，静止的叶子在等待暴风雨的来临。甚至连香蕉树，这高大温柔的绿色芦苇状植物，它会被细如微尘的风儿吹动，现在，也站得笔直寂静，像是排列整齐的羽毛。

我有一刻，呆呆地看着这神奇的庄园，世界上所有的树种都在这儿，每个都在按自己家乡的季节开花结果。在种满小麦和栓皮栎的田间，一条水渠波光粼粼，给这沉闷的清晨一丝清凉。我站在窗前，欣赏这整齐华丽的美景：农庄有着摩尔式走廊，平台在清晨更显得洁白如玉，周围是马厩和附属的小房子。我想起20年前，这些好人到这个萨赫尔山谷定居的情景，初来乍到，只有修路人的一间摇摇欲坠的小屋，未开发的土地，长满低矮的棕榈树和黄连木，一切都要从头开始，还要面对持续不断的阿拉伯人的反叛，他们不得不时常放下耕犁，举起步枪。除此之外，还要做各种斗争：疾病，眼疾，热病，农作物失收，不可避免的错误，还有那善变短视的政府官员造成的阻碍——一切的殚精竭虑！永无休止的防守警惕！

即使现在，最坏的时候已经过去，赢得了艰辛的胜利，农夫和妻子也是农庄里最早起床的。我时常听到他们在一层的大厨房里为帮工们做早饭，一会儿，铃声响了，再一会儿，工人们从厨房里陆续出来，往田里去：有勃艮第来的种植葡萄藤的，有戴着红色土耳其帽衣衫破烂的卡拜尔工人，有光腿的马洪尼斯修平台的工人，还有马耳他人，卢切斯人，各种民族，管理困难。农夫站在门前，向他们交代今天的工作，语气粗鲁简单。这好人讲完后，抬头焦虑地看了看天，然后，看到我站在窗前，冲我大声说：

“天气不好，地里活儿不好干，希洛克热风要来了。”

太阳越升越高，真的有让人窒息的火热的风从南方吹来，就好像火炉的门一开一合，人无处可躲，无事可做！一上午就这样过去了。我们在外面走廊的垫子上坐着喝了杯咖啡，没劲儿说话，也没劲儿动一动。狗也四肢摊开，趴在铺路的石头上，寻找一丝清凉，精疲力竭。午饭让我们稍稍恢复一点儿，很奇怪的丰盛午饭，有鲑鱼、鲤鱼、野猪肉、刺猬肉、斯塔威力黄油、可瑞希葡萄酒、番石榴、香蕉，总之各种各样菜式，就如环绕在我们身边的各种果树一样，品种繁多。突然，窗外传来叫喊声，窗户紧闭，为了阻挡花园里火炉般的热浪。

“蝗虫！蝗虫！”

主人的脸立刻像听到灾难般苍白，我们冲出门外。直至刚才还寂静无声的房子，在10分钟内，立刻充满各种声音：匆忙的脚步声，如刚刚睡醒的人含混的说话声。刚才还在走廊阴凉里睡觉的仆人们冲出来，用棍子、叉子、连枷敲打着任何他们可以拿到的金属器具，铜锅，铁盆，平底锅。牧羊人吹起号角来，其他人吹着螺号，吹着猎角。所有的声音组合在一起，恐怖而走调，还夹杂着“呦！呦！呦!”的叫喊声，这是阿拉伯营地的女人们在喊。据说，巨大的噪音和因此引起的空气震颤，可以阻止蝗虫降落。

但这些可怕的生灵在哪儿呢？在热浪搅动的天空中，我什么也看不到，只有天边出现一片密实的黄铜色的云彩，在慢慢飘过来，就像是冰雹风暴来临时的乌云，伴随着刮过万千枝头的暴风的怒吼。这片云就是蝗虫，它们张开的翅膀相互依托，成片地飞来，无论我们如何叫喊，如何努力，那片云仍在前进，巨大的阴影覆盖了整个平原。很快，到了我们头顶，就一秒钟，云的边缘开始分裂，就像是冰雹开始降临一样，几只先下来，红色的身体清晰可见，然后，整片云朵突然裂开，嘈杂厚重，蝗虫如冰雹般落下！目之所至，如手指肚般大的蝗虫覆盖了田地。

厮杀开始了。可怕的扑哧扑哧的碾压声，就像是稻草被碾碎。土地被耙、犁和锄翻过来，把它们活活埋葬。杀得越多，来得更多。它们一层层飞过来，长腿缠绕在一起，上面的难受地跳到空气中，跳到正在犁地的马的鼻子上，而马也正在奇怪为什么要干这活儿；农庄的狗，从阿拉伯营地冲到田里来，把整个身子摔在蝗虫上，使劲儿挤压它们。同时，两个连的阿尔及利亚火枪手，在喇叭手的带领下，来帮这不幸的殖民者来了，屠杀的方式变了：不再是挤压它们，那些火枪手向它们喷射火焰，来烧死它们。

斯杀累了，那污秽的臭气也让我恶心，我回到房子里。里面的蝗虫，和外面一样多：它们从门缝里，窗缝里，烟囱里钻进来；它们沿着那木头边缘进来，爬进那已被啃了的窗帘上，掉下来，飞起来，落到雪白的墙上，在上面投射出巨大的阴影，使它们看上去更加丑恶，还有那邪恶的气味。晚餐，没有水，因为水箱、水槽、水井、鱼塘都被污染了。晚上，在我的房间，虽然杀死了很多，我还是听到它们在柜子下面爬，听到它们翅膀的抖动，就像是豆荚在炎热中爆开一样。又是一夜无眠。但是当然，大家都在农庄上度过了一个无眠之夜，火焰从农庄的这边儿烧到那边儿，火枪手们还在进行着屠杀。

第二天，我像往常一样打开窗，蝗虫没了。但，看看它们留下的那一片荒芜——片花不留，寸草不剩，焦黑一片。那些果树——杏儿、香蕉、桃儿、柑橘——就只剩下光光的树枝可辨认，那曾是生命象征的颤抖的树叶，那曾经的美丽，都远去了。水箱和水槽正在清理，大家都在翻开土地，以杀死蝗虫留下的卵，每一块，都被仔细翻过来，敲碎，在这巨变中，千万的白色树根，还满是汁液，被翻出来，晾晒在表面。看到这些，心在绞痛。

第二十二章

戈谢神父的仙酒

“邻居，喝了这个，告诉我味道怎么样？”

一滴一滴，就像是珠宝鉴定师在数出颗颗珍珠，格雷维森教区的牧师给我倒了两尺宽的金绿色液体，精致闪耀，就像是我们南部一缕温暖的阳光。

“这是戈谢神父的仙酒，它给我们深爱的普罗旺斯带来了幸福和安康。”这好人骄傲地宣布，“他们在普雷蒙特斯的修道院酿这种酒，离你的磨坊只有几里地远。你要是说查特酒（法国查特修道院所酿的酒）想跟这个媲美，全加起来也不如它。它背后的故事更有趣，我必须得告诉你！听着！…”

然后，在教堂圣所的餐厅里，墙上悬挂着《耶稣受难像》，漂亮的窗帘如教士的白袍般洁净，一切显得祥和纯洁。那牧师，简洁地，毫无欺诈地，给我讲述这个故事，故事里透着些怀疑，还缺乏些许敬意，就像你读到的伊拉兹莫斯和阿叟苏写的故事一样。

20 年前，普雷蒙特斯的教士们，在普罗旺斯人们管他们叫“白袍神父”，艰难度日。如果你看到那时他们的教堂，你一定为他们难过：外墙和帕克塔只剩下一片废墟了；回廊上杂草丛生，上面的柱子剥落，圣人的石像塌在壁龛里；窗户上的彩色玻璃早没了，没一扇门能关上。塞纳风吹过卡玛格，也吹过小教堂和庭院，吹灭了蜡烛，吹走了窗棂上的铅（早期用来固定窗户），吹撒了盆里的圣水。但最让人哀伤的是那钟楼，寂静得就像是空巢的鸽舍，因为他们没钱买钟，神父们只好打响板来召唤大家做晨祷，那响板还是杏木做的。

可怜的白袍神父们！我现在还能想象到，他们在基督圣体节，穿着打补丁的有帽子的教袍，苍白消瘦哀伤地走在仪式里，他们看上去饥饿难耐，他们唯一能吃的食物，是别人用来喂狗的。走在后面的阿尔伯特主教大人，羞愧地低着头，他的十字架已经褪去了金色，他的主教法冠已被虫蛀，这一切也只能暴露在大众面前。仪式中妇女会的女士们洒下同情的泪水，几个胖胖的扛旗人对这些可怜的教士指指点点，暗暗偷笑：

“无脑的鸟儿扎堆儿，没食儿吃。”

事实上，这些不幸的白袍神父们已经在商量是不是应该解散，各自回到尘世，各自谋个出路。

但这天，当大家聚在牧师会礼堂讨论这个严肃的问题时，有人给副主持捎了个信儿说，戈谢教兄希望在议会里发个言。这个戈谢教兄是教堂的牧牛人，就是说，他整天赶着两头瘦牛，在回廊附近慢慢转，好让牛吃到石缝间的野草。他 12 岁之前，一直跟着博克斯地区的一个疯女人长大，大家都叫那老女人伯根姑姑。后来，教士带他进了这个教堂。但是，这可怜的牧牛人就只是学会了放牛和背诵主祷文，而且还是用普罗旺斯方言，除此之外，什么都不会，因为他头脑太糊涂，反应太迟钝。还有，他是狂热的基督徒，狂热到可以公开认罪，还表现得坦坦荡荡，并用坚定的信念要求自己，还有他那两个胳膊——怎么样的胳膊呀！…

这笨拙简单的人走进礼堂，一条腿儿朝后，躬身向大家行礼，众人，包括副主持、咏礼司铎、司库都哄堂大笑。戈谢教兄长着小山羊胡，眼神痴呆，但面目慈和，人们见到他，都忍不住大笑，所以他都习惯了，并没为这大笑有一丝烦恼。

"尊敬的神父们，"他好脾气地开腔了，语调自然，手指上转着廉价的橄榄石念珠，"你们知道，当人们说半瓶子晃荡的时候，是对的，因为我这个空空的脑袋真的想到了解决我们困难的办法。"

"是这样。你们记得伯根姑姑吧，就是那个我小时候照看我的可敬的女人。啊，是，她真是个老家伙，上帝保佑她的灵魂安息！她喝了几杯就总唱那邪恶的歌。啊，对，我是要说，尊敬的神父们，是这个：伯根姑姑熟知山里的草药，胜过最老的科西嘉山鸟儿。更重要的是，临死前，她用我和她从阿尔皮山采来的草药，混合了大概五六种，酿造了一种神奇的仙酒。这已经很多年了，但是，在圣奥古斯丁的帮助下，如果阿尔伯特神父同意，我肯定，如果让我试试，我一定能找到她用来酿造那神秘仙酒的草药，那么，我们就只需把它们装瓶，卖个好价钱，这会让我们教区富有，就像是我们兄弟教会塔埔和查特一样…"

没等他说完，副主持站起来，双手环住了他的脖子；咏礼司铎热情地抓住了他的手；司库更激动，抓住他的破衣服角充满尊重地一顿亲吻。然后，他们回到座位，继续讨论这件事。

全体通过，毫不迟疑，整个教堂决定把牛交给斯拉斯布尔教兄看管，而戈谢教兄要为仙酒的酿制付出全部的精力。

这好心的教兄是怎样重现伯根姑姑的制酒妙方的？度过了多少不眠之夜，花费了多少精力？没人能告诉我们。我们只知道，六个月后，白袍神父们的仙酒已经供不应求。在阿维尼翁的镇上，在阿尔勒的乡间，在任何一个农舍里的食品储藏室里，总有一个小小的棕色的陶瓶，摆在红葡萄酒瓶和腌橄榄的坛子间，用普罗旺斯的徽章密封着，瓶子上有商标，上面一个教士心醉神迷地微笑着。仙酒的畅销，使普雷蒙特斯的教堂迅速致富：帕克塔重修了；副主持买了新的主教法冠；教堂装上了漂亮的彩色玻璃；一个复活节的早晨，在钟塔石雕窗格下，安装了一组铃铛，大大小小，释放出叮叮当当欢快的铃声。

至于戈谢教兄，这可怜的俗家修士，他的无知鲁莽曾是大家的笑柄，现在没人再提起他了，现在只有尊敬的戈谢神父，他博学多才，远离教堂的繁杂日常琐事，从日到夜独居在他的蒸馏室里，同时有30个教士在山边搜寻香草…那蒸馏室就是咏礼司铎花园最边上的一个没有用过的破旧小教堂，但是没人，包括副主持，都没权利进入。这些好心的神父们在心里赋予了这个地方神秘敬畏的色彩。如果，碰巧一个好奇还胆大的教士贴着藤蔓爬上去，正好够着门廊上的彩窗，他就会看到戈谢神父：留着大胡子，恰如召唤亡魂的巫师，手持酒精计量器，巨大的蒸馏器，粉红色的陶制曲颈瓶，毒蛇般的玻璃管子环绕其四周。透过彩窗望去，这一切笼罩着闪烁的红色光芒，就像是在巫咒之下！他被吓坏了，出溜滑了下来，可比上去时快多了。

日暮时分，当最后的祈祷钟声响起，这神秘之门就会悄无声息地打开，众人景仰的神父会纡尊降贵来参与晚祷。你真应该看看他行走于教堂之时，人们是多么群情激昂！教会的兄弟们会夹道观望，彼此激动地宣称：

“嘘！他找到了那个秘方！”

司库跟在他身后，与他推心置腹地交谈。在这一片逢迎声中，神父志得意满，昂首前行，抹去额头的汗珠，扶稳头上如光环般的宽边三角帽，他环顾四周：宽阔的庭院植满橘树，蓝色的屋顶上是新修的尖顶，咏礼司铎们穿着崭新的袍子，三三两两心满意足地走在焕然一新的白色回廊里，那回廊的柱子雕刻精美高雅。

“他们拥有的这一切，都是我所赐予的！”尊贵的戈谢神父常常这样自言自语，还因此而倍感骄傲。

这可怜的人要为此付出沉重的代价，你会看到的…

一天晚上晚祷进行时，他情绪激动地闯进教堂：上气不接下气，脸色通红，帽子歪斜，神智混乱，以至于将手指浸入圣水时，整个胳膊都要伸进去了，两个袖子一直都湿到胳膊肘。开始，大家都认为他是因为来晚了，所以有点儿慌张，可后来，他开始对风琴、对走廊，而不是对祭坛，不断屈膝跪拜，还像龙卷风般刮过教堂，在高坛上转了5分钟寻找自己的席位，找到后，就坐下，左边弯腰点头，又右边弯腰点头，脸上还带着扬扬得意的笑容。看到这个，教堂里一片哗然，大家都在各自的祈祷书后窃窃私语：

“戈谢神父怎么了？…戈谢神父怎么了？”

副主持有两次实在不耐烦，拿着法杖敲打着石板，要求大家安静。高坛之上，外围的人已经开始唱颂歌了，但应和之声却越来越慢…

突然，正当大家吟诵《圣体颂》时，我们的戈谢神父做了什么呀！他向后靠在座席上，以最响亮的声音唱道：

“在巴黎，住着一个白袍神父！

嘿！叮—啊—叮，嘿！叮—啊—叮…”

一片混乱，全体起立。有人大喊：

“把他赶出去！他恶魔附体了！”

咏礼司铎们画着十字，副主持挥舞着法杖…但戈谢神父眼不见，耳不闻，两个强壮的教士只好把他从高坛的一个小门拽出去，他奋力挣扎，就像是被驱赶的恶魔，吟唱声更加嘹亮：“嘿！叮—啊—叮…”

第二天拂晓，这可怜的人跪在副主持的祈祷室里，忏悔不已，眼泪滂沱：

“是仙酒，阁下，是仙酒把我弄成那样的。”他一直说，还双手捶胸。

看到他如此忏悔，如此悔恨，好心的副主持也被感动了。

“来来，戈谢神父，平静下来！会过去的，就像阳光下的露珠…毕竟，那丑行没你想的那么糟。当然，那首歌是有点儿…嗯！嗯！是，我们就指望那些新教徒没听到吧。现在告诉我，到底怎么发生的？是因为测试仙酒，是吗？你喝得有一点儿多？是，是，我明白…就像那个发明火药的施瓦兹兄弟，你成了自己发明的受害者…但，告诉我，亲爱的朋友，必须得你自己亲自尝试这仙酒的威力吗？”

“是，很不幸，阁下！酒精测量仪可以测得酒精的强度和数量，最后的测试，酒的香醇的测试，我只能信任自己的舌头。”

“那好吧，我再问一句，你这样被迫品尝仙酒时，你享受吗？那仙酒美味吗？”

“哎呀！是的，大人。”可怜的神父回答，脸一下子红到脖子根了。“最近这几天，好像仙酒有特别的香味，让我欲罢不能。一定是恶魔在作弄我！我已经下定决心，将来只用酒精测量仪，不过要是那仙酒的味道不够丝滑，不够完美，就太糟了…”

“你不能这么做！”副主持急忙打断他。“我们不能冒这个险，让我们的顾客失望。既然你已经被警告，现在要做的就是保持警惕。仔细想想，你到底要尝几滴才能做出正确的判断？十五到二十滴？那就二十滴。就凭二十滴，恶魔是没办法控制你的。另外，为了不再发生意外事故，我自此免去你入教堂做礼拜的职责，你可以在自己的蒸馏室做晚祷。现在，安心走吧，尊敬的神父，记住，小心数好你喝了几滴。”

哎呀，可怜的戈谢神父尽可以小心谨慎地数出自己要喝的几滴仙酒，可恶魔已经将他玩弄于股掌之上，是不会轻易放手的。

蒸馏室里会传出奇怪的晚祷声！

得承认，白天一切正常。戈谢神父平静安详，他准备好炉子和蒸馏器，小心选出草药，那草药是普罗旺斯的一种灰色的、精致的、如蕾丝般的植物，散发出阳光照耀下山里的香气。当晚上来临，草药融化，仙酒在滚烫的铜锅里慢慢清凉，这可怜的人的受难之旅就开始了。

“…十七…十八…十九…二十！”

那二十滴仙酒从玻璃管子里落进玫瑰色的高脚杯里，戈谢神父一饮而尽，却不能尽享其味。他每天都在期待着二十滴仙酒。噢！那二十滴呀！因此，为了不受诱惑，他总是在实验室的另一边双膝跪地，默默诵念祈祷文，以期获得安慰。但是，那依然温润的液体香气四溢，香气如藤蔓般攀爬在他身上，引领他走回到铜锅旁。那液体闪烁着美丽的金绿色，戈谢神父弯下腰，深深吸入那香气，用玻璃棍轻轻搅动，那翡翠色液体翻转滚动，光芒闪耀，他仿佛看到伯根姑姑目光闪亮，笑意盈盈：

“喝呀！再来一滴！”

一滴又一滴，高脚杯最终会满溢。然后，戈谢神父会放弃所有的抵抗，躺在大大的扶手椅里，四肢摊开，双目半闭，慢慢啜饮自己的罪恶，倾情品评滋味，还会带着强烈的悔意轻声对自己说：

“噢！我会为此下地狱的…”

但最可怕的是，也不知道是因何魔力，高脚杯见底之时，他总会听到伯根姑姑淘气的歌声：

“三个老妇人，
她们要游戏…”
或者：
“主人安德的牧羊女，独自一人，
进入森林—是的，独自一人…”

还总是伴着同样的和音：

“嘿！叮—啊—叮，嘿！叮—啊—叮……”

这就不稀奇了，第二天早上，住隔壁的教士们会戏谑地对他说：

“戈谢神父，你昨晚上床睡觉时，屋里真是一片蝉鸣呀！”

戈谢神父就会痛哭流涕，悲观绝望，斋戒绝食，克己反思，严守戒律。但是，这一切，都不足以对抗仙酒里的恶魔，因此每晚，同一时刻，恶魔又再附体。

同时，订单如雪片般飞到教堂，来自尼姆，来自埃克斯，来自阿维尼翁，来自马赛，日子一天天过去，教堂看上去越来越像是一个工厂了：教兄们在包装，教兄们在打标签，教兄们在开发票，教兄们在赶运货的马车。结果当然是教堂钟声在为上帝祈祷时会忘掉敲响，可我向你保证，这个地区贫穷的人们并没有因此而忘掉向上帝祈祷。

但是，一个美丽的礼拜日早晨，司库正在向牧师会礼堂一屋子的人，宣读过去一年的资产情况表，好心的咏礼司铎们认真听着，眼睛发亮，唇边带笑，突然，戈谢神父冲到人群中，大喊：

“够了！我受够了！我不干了！我不做了，把我的牛还给我！”

“怎么了，戈谢神父？”副主持问，其实他心里完全清楚是怎么回事。

“怎么了，阁下？我正走在通向地狱的路上，会被火焰焚烧，会被小恶魔用叉子分食。事情就是，我停不下喝酒！我正把自己喝向地狱！…”

“但我告诉你要数好滴数。”

“数好滴数！我看是数好杯数吧！是的，尊敬的神父，我现在就这样了。每晚喝三大瓶！我知道你能明白不能再这样下去了，随便你让谁做仙酒吧！我要是再跟这事儿有关，就让上帝之火烧毁我！”

牧师会礼堂再也笑不起来了！

“但是，你这家伙，你会毁了我们！”司库大叫，挥舞着账簿。

“你宁愿我下地狱？”

这时，副主持站起来。

“尊敬的神父，”他说，举起雪白美丽的手掌，上面的主教戒指闪闪发光，“有办法解决问题。是在晚上，对吧，我亲爱的子民，那恶魔引诱你？”

“是的，阁下，每晚都来，没一晚错过。事情糟透了，我现在一看到夜晚将至——我对您真的无不敬之心——就会浑身发冷，还大汗淋漓，就像是哈皮度的驴子看到要给它装上的鞍子和货物一样。”

“亲爱的孩子，放松点儿。从现在开始，在每晚祈祷时，我们将为你诵祷圣奥古斯丁祷文，其祷文包含了主教大赦，因此，你无论做什么，都会被保护，即使犯下罪恶，也会被赦免。”

“哦，好啊，那就太好了！谢谢您，阁下！”戈谢神父再无问题，回到了自己的座席上，心情如云雀般轻盈。

当然了，从此后，每次晚祷结束前，那主持仪式的神父无一例外会说：

“让我们为可怜的戈谢神父祈祷，他为社区的利益奉献了自己…上帝佑吾等…”

当这些白袍教士弯腰拜倒在黑暗的大殿之上时，那诵祷之声犹如冬季的刺骨冷风飕飕吹过白雪荒原，大地上，在教堂的尽头，蒸馏室内的火焰在熊熊燃烧，窗户映出那红红的火苗，你可以听到戈谢神父扯着嗓子在唱：

“在巴黎，住着一个白袍神父！
嘿！叮—啊—叮，嘿！叮—啊—叮；
在巴黎，住着一个白袍神父！
小修女们，在他的命令下，
在花园里，手拉手起舞，
嘿！叮—啊—叮，嘿！叮—啊—叮…”

突然，这受人尊重的教区牧师突然停下，两眼发直：

“噢，宽恕我吧！假如我的教区子民听到了！”

第二十三章

在卡玛格

启　程

城堡里欢声一片，猎场看守人派来的信使，用法语夹杂着普罗旺斯方言宣布，已经有两三群野鸭和沙锥鸟飞来，还有更多的其他鸟类也正在飞来的路上，今年的鸟儿到得早。

好心的邻居写信给我说："你也加入吧。"因此今天早上 5 点钟，他们的马车就来接我了，车上满载猎枪、猎狗和食物。此刻，12 月的清晨，我们正奔驰在干燥荒凉的路上，向阿尔勒去。路边橄榄树刚刚吐出新绿，浅浅的几乎还看不见；而科尔尼橡树却绿得耀眼，看上去那么不自然，更映衬出冬日的萧条；农庄的牛棚有了动静，窗户里也闪耀起灯光，人们已经起床干活了；孟特儒修道院石头间的神龛里，海鹰半睡半醒，在废墟中拍打着翅膀。慢慢地，我们开始遇到些去赶集的农庄的女人们，她们坐在驴背上，驴儿在路边小步跑着。她们来自三四十里地外的维勒班，赶集就是为了能在圣陶法的台阶上待一个小时，然后卖掉她们携带的那一小捆从山里采来的草药。

现在，到了阿尔勒的城墙边儿了。城墙低矮，还有垛口，如古油画中经常描绘的一样，垛口上有勇士们手执长矛，站在斜坡上守卫，那长矛还不及他们的身高。我们的马车欢快地跑过这美丽的小镇，小镇风景如画，圆形的阳台突出伸向窄窄的街道，颇有阿拉伯国家的味道，还有那些摩尔风格的带拱门的古老黑暗的房子，让人想起短鼻威廉姆和撒尔逊人时期的建筑。这个时间，街上还没什么人，只有罗纳河的码头上人影攒动，忙忙碌碌，驶向卡玛格的渡轮正在为起航做准备。与我们一同上船的还有穿黄褐色羊毛短夹克的农夫们，以及一些想到农庄里干活的来自好科特的女孩儿们。女孩子们穿着带帽子的长长的棕色外衣，为了抵御清晨的寒气，裹得很紧，梳着高高挽起的阿尔勒式发髻，脸蛋看上去窄小而高贵，女孩子们有着吸引人的鲁莽气质和淘气笑靥。大家一起说说笑笑上了船，汽笛声起，出发了。罗纳河流，船员以及米斯特拉尔西北风齐心协力，渡轮的速度飞快，两岸迅速向后掠去。河两岸，一边是克劳，一片干燥荒芜、遍布岩石的平原；一边是卡玛格，正在逐渐吐出新绿，草还浅浅的，还有一片长满芦苇的沼泽地，一直延伸到海里。

渡轮沿岸停靠，或左岸或右岸，或是在“帝国”或是在“王国”，在中世纪时，人们经常这么称呼阿尔勒王国，至今，罗纳河上的老水手仍然这么叫。每一个停泊处，都有一间白色的农房，一丛树木。工人们扛着工具上岸了，女人们胳膊上挎着篮子，也身板挺直地走出舱门。在帝国与王国间，渡轮卸下一拨拨乘客，到达马斯德吉哈港口，我们下船时，船上几乎没人了。

马斯德吉哈是巴本塔纳勋爵的一处老农庄，我们要在这儿等着猎场守护人来接我们。在农庄的厨房里，农庄里所有的男人、工人、照顾葡萄藤的、牧羊人都坐在桌前，沉默而严肃地吃着饭，女人们在旁忙活着，要等男人们吃完再吃。很快，猎场守护人驾着他的小马车来了，他就是费尼莫尔·库珀笔下的人物，海陆的捕猎者，猎场和渔场守护者。当地人称呼他“潜行者”，因为人们总看到他在晨雾中，在夜幕下，藏身于芦苇荡的隐蔽处，或者纹丝不动地坐在他的小舟上，盯着他那垂入池塘或沟渠的渔线。可能，这种永远在窥视的工作让他沉默而内敛。一会儿，我们的枪支和篮子就堆满了他的车，一路上，他告诉我们最新的进展，来了多少拨儿鸟儿，这些迁徙的鸟儿在哪儿停留，我们边说边走，进入了卡玛格的腹地。

目之所视，这片沼泽荒野延伸开去，片片草地，一丛丛沼泽野草，沟渠点缀其间，闪闪发光。丛生的芦苇柳条漂浮在平静的海面上，恰似小小的孤岛，看不到一棵高大的树，那无尽的平原就此延伸开来，毫无二致。远处，偶有牛棚的顶部出现在地平线上，与地面齐高。分散的牛群，或躺在草丛里，或徜徉在身着黄褐色衣服的牧牛人身边，与蓝天下的笔直地平线和谐共存。海上虽有风浪，却平静安详，面对广袤平原，油然升起空旷寂寥之感。米斯特拉尔西北风刮过，毫无忌惮，无休无止，呼啸生威，使这空旷之地更加辽远，更加寂寞。风吹过，一切都为之倾倒，它留下印记，那小小的簇簇杂草灌木，永远扭曲着伏下腰身，朝向南方，好似时刻准备着逃亡…

小　屋

芦苇搭建的屋顶，芦苇的墙壁—干燥枯黄的芦苇，这就是小屋了，也就是我们的狩猎基地。小屋只有一间大大的没有窗户的房间，日光只能从敞开的门里照进来，晚上，这扇门会被厚重的帘子挡住，完全是卡玛格风格。室内，整面墙壁粗粗抹了些灰，刷白了，用来挂猎枪、打猎用的背包、沼泽地穿的长靴的架子。在边上，围着柱子，放着五六张简易床，那柱子插在泥里，支撑着屋顶。夜晚，米斯特拉尔风吹起，小屋吱嘎作响，风声还带来了远处大海的呼啸，你会认为自己就躺在船舱里。

中午时分，小屋时光最美。在我们南方冬天最美的日子里，我喜欢待在高高的火炉旁，火炉里，柳树的枝叶正在燃烧。风在呼啸，不知是西风，还是北风，门被吹得吱呀作响，芦苇屋顶也在风中尖叫，但这些，只不过是我身在的大自然的咆哮喧嚣的小小回应罢了。冬日的阳光，被强劲的风雪抽打，吹散，飘开，又颤颤巍巍聚在一起，可很快被再次吹散了。蔚蓝的天空下，大地上白云投下的巨大影子疾驰而过。光倏忽而来，又倏忽不见，声音也是如此；那牛铃声，突然响起，又被风吹散，可又悄然飘回吱呀作响的门缝间，宛如奏响的优美和弦…狩猎人归来前，有最美好的日暮时分，风已停，我会出去片刻：那红红的太阳正安静落下，火一般，却没有一丝温度；夜幕降临，经过你身旁时，用它潮湿黑暗的翅膀轻轻摩挲你；远处，地面上，枪声响起，火苗在与一颗明亮的星星争辉，四周的黑暗，使这辉映更加闪亮。在这一天剩下的时分，生命加快了脚步—人字形队伍的野鸭群飞来，好似要降落，但烛光闪烁的小屋吓得它们再次飞起，领头的野鸭伸长脖子，再次飞向高处，鸭群紧随其后，叫声连连。

很快，噼啪的脚步声走近，就如雨声滴答。上千只的羊群，它们胆小而迷茫，正在拥挤着被赶向羊圈，牧羊人聚拢它们，牧羊犬喘着气，奔跑着驱赶它们。我被这涌动的咩咩叫的羊群包围，挤撞，几乎淹没：羊群像是涌动翻滚的洪水，承载着牧羊人和他们长长的身影，洪水表面波涛汹涌。羊群之后，紧随而来的是熟悉欢快的笑声，小屋沸腾了。大家都疲倦而兴奋，笑得更多了。枪堆在角落里，靴子扔得到处都是，背包也扔在地上，从里面倾倒出各种鸟儿，它们金色、绿色、红色和银色的羽毛沾满鲜血。桌子摆好，盛满浓浓鳗鱼汤的碗里冒出腾腾热气，大家又不说话了，这次沉默是因为胃口大好。偶尔，门外的狗的狂吠会打破这寂静，那是它们在黑暗中争抢着饭盆里的食物…

傍晚很短。在火旁，很快就只剩下猎场守护人和我了，火好像也半睡半醒似的，我们俩像老农那样有一搭没一搭地说着话：那嘟囔声就似快要燃尽的火焰一样迅速熄灭。后来，猎场守护人起身，点上灯笼离开，我听着他沉重的脚步声慢慢消失在夜里…

机遇（藏身处）

机遇！多准确的名字呀，用它来指藏身处，就是猎人们隐蔽起来，从拂晓到黄昏一直等待猎物的地方机遇。他们蹲在藏身处，从日出前直到日落后，多么漫长的时间呀。我更喜欢日落，因为在这沼泽地里，白日总是徘徊在水塘旁，不肯离去。

有时，这藏身处是一只窄窄的无龙骨的小船，再轻微的动静也会晃动它。猎人蹲在船尾静候野鸭，他隐藏在芦苇后，只能看到帽檐儿、枪管儿和猎狗的头。那猎狗会嗅嗅风，回击蚊子，有时还伸展大爪子，弄得船左右摇摆，还灌进不少水。我没有这种藏身经验，大部分时候，我步行出去寻找机遇，我穿着巨大的高靴，拨开散发着盐水味道的芦苇，里面还满是跳蛙，踩着水走进沼泽深处，我走得慢，因为害怕会陷进淤泥，拔不出来…

最后，我到了一个满是柳树的小岛，找到一小片干爽的地面安营了。

为了让我看上去像个猎人，猎场守护人把他的狗借给我，狗来自比利牛斯山，身形巨大，白色厚实的毛皮，是顶级的猎狗，它跟着我，其实我有点儿害怕。当有水鸟走进我的领域内时，它看着我，神情讥讽，两只长长的几乎遮着眼睛的柔软耳朵很有范儿地一挥，鼻子指着，尾巴摇着，似乎在不耐烦地说：

“开枪！开枪，能吗，你？”

我开枪，没射中！它呢，慵懒地摊开四肢，打着哈欠，一副无声的傲慢样子。

对，是，我承认，我不是个好猎手。藏身之处，对于我来说，就是等待夜幕降临的地方：日光渐暗，它将自己偷偷藏在水面上，藏在波光粼粼的池塘里，还将天空沉沉的灰色熏染出美丽的银色光圈。我喜欢这儿水的特殊味道，喜欢芦苇荡里昆虫那神秘的窸窣声，喜欢修长树叶颤抖时发出轻轻嘀咕声。时而，天空里会充满一种声音，恰如贝壳被轻轻撬开时发出的轻轻哀叹，那是麻鸦，将它巨大的长嘴伸入水中，吹气，噗噗，噜噜噜噜。一群鹤飞过头顶，我听到它们翅膀扇动的沙沙声，听到绒毛在清冷的空气中发出摩擦声，甚至还听到它们疲累的小骨架的嘎吱声。然后，再无他物，夜色渐黑，白昼就只剩下最后一丝光亮，徘徊在水面上……

突然，一股凉气从头到脚袭来，让我焦灼颤抖，我感觉到有人站在我身后！我猛转身，看到月亮！这美丽夜色的伴侣，硕大浑圆，正柔柔升起。一开始，它爬升迅速，后来，爬过了地平线，就几乎看不出它再动了。

月亮的第一轮光亮照亮了地面和水面，很快整个沼泽地都闪耀在明亮的月光下，甚至最纤细的野草也有了自己的影子。藏身处已完成使命，不能再藏身了，鸟儿已能看到我们，是时候回去了。回去的路，笼罩在月色中，那月色温柔淡然湛蓝，如洪水般向我涌来。我轻轻落足，踩入水渠池塘，却依然惊扰了成群的星光和月光，它们可是正要钻入深深的水中呀！

红方与白方

离我们的小屋不远，大概一个射程的距离，有另外一间小屋，和我的小屋很类似但更简朴，住着猎场守护人、他的妻子和两个大点儿的孩子：女儿为他们做饭和缝补渔网，儿子帮父亲收网和看守池塘的水闸门。两个小点儿的孩子与祖母住在阿尔勒，他们会一直住在那儿，直到学会读写，并且参加了第一次圣餐仪式，因为这儿离教堂和学校都太远了，而且卡玛格的空气对小孩子也不太好。事实上，到了夏天，沼泽地干涸，天气炙热，沟渠底部的白泥都干裂开来，这小岛几乎不能住人。

八月时，我曾来这里猎小野鸭，见过这个情景：土地烤焦了，呈现出阴郁野蛮的气息；池塘在太阳的照耀下，像大煮锅一样冒着蒸汽；干裂的河床上仍然有残存的生命，挣扎蠕动的小鱼、蜘蛛、水蝇，都在找寻潮湿的角落；空中飘荡着瘟疫的气息，这种蒸腾沉重的有毒雾气，跟无数似阴云般成群飞来飞去的蚊子搅在一起，更重了。我永远都不会忘记！猎场守护人的屋子里，每个人都在发烧，浑身颤抖，脸色焦黄憔悴，黑黑的眼圈，眼窝深陷，让人不忍心看。这些不幸的人注定要在这里度过三个月，暴晒在无情的太阳下，火热的太阳炙烤着他们发烧的身体，却不能温暖他们！在卡玛格，猎场守护人的生活真是悲哀而痛苦！不过，好歹他还有妻儿相伴！可那牧马人呢，他住在离猎场守护人六里远的沼泽地里，独自一人，一年又一年，如居住在荒岛上一般。他自己搭建芦苇小房，里面的一切也都是自己做的：柳编的吊床，黑色石头砌成的火炉，柳木雕出的凳子，还有白木制成的锁匙，用来锁住他奇怪的小屋。

人如其屋，哲人般沉默孤寂，但厚重浓密的眉毛后却隐藏着农夫的特有的警觉。他要不就在牧马，要不就坐在门前，脸上带着孩子般动人的专注，蹙眉阅读手中的书。所谓的书就是一本粉红、蓝色或者黄色的小册子，那是医马的用来给他的马包药的，这可怜的家伙，除了阅读别无消遣，而这些是他仅能拿到的书。虽然猎场守护人和牧马人是邻居，彼此却从未见面，甚至避免见面。有一天，我问猎场守护人他们为什么彼此生厌：

"因为我们意见不同。他是红方，我是白方。"

在这荒凉孤寂中，孤单本应让他们彼此更亲近，但这两个荒野中的男人，一样头脑简单，一样无知无识，这两个从西奥克里托斯书[①]中走出的牧者，他们几乎一年都不去城里一趟，对于他们来说，阿尔勒小咖啡馆儿里的镀金镜子如同托勒密王宫般熠熠发光，但就是他们，却彼此憎恶对方，还是因为所谓的政治信仰不同！

瓦格赫斯

卡玛格最美的地方就是瓦格赫斯。无数次，在其他人打猎走了以后，我会到这个咸水湖湖畔坐一坐。这个内陆海，被从大洋中分割开来，也因为被圈在内陆，它更加和蔼友好。在这片了无生机的干旱中，海岸线看上去也是了无生气，可是瓦格赫斯高高的堤坝上，却青葱一片，草地如天鹅绒毯般延伸开来，展示出无尽美丽的植被：矢车菊、三叶草、龙胆根、娇

① 约公元前310—前250年，古希腊诗人，著有《田园牧歌》。

艳的贝昂，花朵四季常开，冬季蔚蓝，夏季鲜红，随着气温的变化而变换颜色，来记录季节更替。

傍晚五点左右，夕阳西下，十里的水面无帆无船，无尽延展，妙不可言。池塘与沟渠近在身边，藏于沼泽地的遮盖之下，你可以感到地下的水哗哗流过，只要地势稍有倾斜，它们就会探出地面，与人亲近。在这儿，你感受到的是辽阔与伟岸。

远远的，波光粼粼，吸引了成群的野鸭、苍鹭、麻鸦，以及有着玫瑰色翅膀、胸部却是白色羽毛的火烈鸟，它们排开在堤坝上，捕食鱼类，五颜六色依序而列，恰似长长缎带。还有朱鹭，真正来自埃及的朱鹭，它们在这寂静的大地上，耀眼的阳光下，悠然自得。确实，从我停留之处，我听不到任何声音，除了波浪拍岸声和牧人召唤散在湖边的马群的声音。马儿们，都有着响亮的名字："西弗…路西弗（启明星）…莱斯泰罗！…莱斯图尔泰罗！…"每匹马，听到自己的名字，小跑着回来，马鬃在风中飘起，从牧人手里吃着燕麦…

更远一点儿，在同一堤坝那边儿，有一大群牛，如同马群一样，在自由自在地吃草。不时，在一丛丛的柳丛上，我会看到它们弯起背部和新月形的犄角。卡玛格饲养的这些牛群，大部分是为村庄节日斗牛准备的，有些牛的名号，在普罗旺斯和朗格多克的斗牛场已经是响当当的了。离我最近的牛群，有一个勇猛的斗士，叫"罗马"，它不知在阿尔勒、尼姆和塔拉斯康的斗牛场刺伤了多少斗士和马匹。因此，它的伙伴们接受它为领袖，因为在这个奇特族群里，它们自治，臣服于它们选出来做领袖的老牛。当飓风席卷卡玛格，最可怕的是，这辽阔的平原上，无物可以使它停止或转向。你会看到整个牛群聚集在它们的领袖身后，低下头，使头顶正对着风，因为头顶聚集了它们所有的力量。我们普罗旺斯的牧羊人管这个方法叫“vira la bano au giscle”，就是，将犄角对准狂风。如果牛群不用这个方法，情况会更糟！暴雨迷了眼睛，身随飓风摇晃，溃败的牛群慌乱无助，四散奔逃，这些疯狂的野兽，低头狂奔，为了躲避风暴，就一头扎进了罗纳河，扎进了瓦格赫斯湖，或者扎进了海里。

第二十四章

营地印象

今晨拂晓，第一缕阳光刚刚照进来，我就被一阵轰鸣的鼓声惊醒了：咚—咚—锵—锵！咚—锵—锵！

这个时辰，在我的松树林里，鼓声大作，一定有什么不寻常。

我飞快跳下床，跑过去开门。

看不到人，喧闹已停。沾满晨露的松林间飞出几只麻鹬，抖动着翅膀；林间北风轻轻刮过，留下一声叹息；东边，小阿尔卑斯山顶雾气弥漫，渐渐升起的阳光照过来，雾气像是金色的尘埃。第一缕阳光直射在磨坊的屋顶上，同时，那看不见的鼓声再起，一样的鼓点…咚—咚—锵—锵！锵！锵！

是什么样的野蛮人，走入松林深处，以鼓声向晨曦致敬？我四处张望，一无所见…只有簇簇薰衣草和松林沿斜坡而下，直通遥遥大路。可能，下面的丛林中，有一个淘气的精灵正藏起来取笑我，可能是爱瑞儿，或者帕克小妖精，当它经过我的磨坊时，这淘气鬼自言自语地说：

“这位巴黎人在这儿太安静了，我们得给他点儿惊喜。”

故而，他一定拿了个大鼓开敲，咚—咚—锵—锵！咚—锵—锵！帕克，你安静点儿好吗，你个淘气鬼！你会惊醒我的蟋蟀朋友的！

不是帕克。

是古吉特·弗昂索瓦，人称“手枪”，是边防军31军团的鼓手，此刻正在休六个月的假期。手枪对乡村感到厌倦，作为鼓手，对军营有着乡愁般的记忆，因此当有人好心把村里的鼓借给他时，他就会郁郁地来到这林间敲起鼓，梦回在尤金王子军营的日子。

今日，他在我的绿色山顶梦回军营…他就在那儿，站在一棵松树旁，鼓挂在双腿间，鼓声响起，心满意足…受惊的鹧鸪从他脚下飞起，他毫不在意；大自然为他洒满清新气息，他毫不在意。

他也不会在意，阳光下，孱弱的蜘蛛网在树枝间颤动；也不会在意，松针在他的鼓面上下跳跃。他沉醉于自己的梦中，自己的音乐中，注视着上下翻飞的鼓槌，满眼爱意，每一声鼓点落下，单纯的脸上就洋溢着笑意。

咚—咚—锵—锵！咚—锵—锵！

“啊，大大的军营，多么美丽，庭院铺基石，窗儿排排立，军人戴军帽，低矮门廊里，飘荡着饭盒奏出的乐曲！”

咚—咚—锵—锵！咚—锵—锵！

“啊，他的楼梯吱呀响，他的走廊都刷白，他的宿舍味儿难闻，他那皮带还得抛光。还有那面包板，那抛光油罐儿，那铁床和上面的灰色毛毯，步枪在枪架上闪闪亮！”

咚—咚—锵—锵！咚—锵—锵！

“啊，那些站岗放哨的好日子，那些手不离牌的好日子，那墨水画出的邪恶黑桃皇后，那破旧奇特的皮高特·勒布朗书册（某些淫秽书籍的作者，1753—1835）！”

咚—咚—锵—锵！咚—锵—锵！

“啊，那些首相门前站岗的漫漫长夜，那破败的漏雨岗亭，那永远冰冷的双足！那些华丽的马车，经过时泼溅你一身泥浆！啊，那分外的劳累，那囿于军营的日子，那奇臭无比的水桶，那厚木板做的枕头，那淅沥雨天冰冷的起床号，汽灯点亮时的雾中撤退，还有夜晚点名时，气喘吁吁，连滚带爬的应答！”

咚—咚—锵—锵！咚—锵—锵！

“啊，那禁卫军，那大大的白色棉手套，那要塞上的巡防…啊，军校的大门前，那些士兵们的甜心，马尔斯沙龙（香榭马尔斯附近的舞厅）的小号吹起，音乐厅里的苦艾酒，在打嗝间吐露的心声，出鞘的宝剑，还有手放在胸前，唱起的伤感歌谣！”…

梦境，可怜的家伙，梦境！我不能去打断你…尽情击鼓吧，挥舞起你的臂膀，我无权耻笑你。

如果你对营地有乡愁般的记忆，我不也有我的乡愁吗？

在这儿，我的巴黎如影相随，一如你的回忆。你在树下击鼓，我呢？我在为巴黎的报纸奋笔疾书！啊，我们是普罗旺斯多么优秀的孩子呀！在那儿，在营地，在巴黎，我们为蔚蓝的小阿尔卑斯山，为它的薰衣草香而思念叹息；可在这儿，普罗旺斯的心脏，我们却怀念那营地，怀念那巴黎！啊，一切勾起我们回忆的事物，都是我们的珍宝！

村子里，8 点敲响钟，而“手枪”，一边依然挥舞着鼓槌，一边向家的方向走去。我听到他走出松林，依然在敲击。而我，躺在草丛中，因我的记忆而心痛，好似在渐渐远去的鼓声中，看到我的巴黎，穿过松树林，远去…

啊，巴黎！…巴黎！…永远的巴黎！

出版说明

本书原著使用的是英制计量单位，若将其一一换算成我国法定计量单位将使所有数字成为近似值，进而失去原书数值准确性，故为保证原书数值准确性和基本风格，本书的计量单位仍袭原著。具体换算方法如下：1 英里 =1.6093 公里，1 英尺 =0.3048 米，1 英寸 =2.5400 厘米。